KB093795

YOU

WERE

NEVER

REALLY

HERE

너는
여기에
없었다

조너선 에임즈 지음
고유경 옮김

프시케의숲

차례

조는 등 뒤에 뭔가 있다는 걸 직감했다. 뒤통수를 후려칠 듯 다가오는 서늘한 인기척. 한 번도 어긋난 적 없는 예감에 신경이 바짝 곤두선 조는 거침없이 몸을 돌려 어깨를 갈긴 검은색 곤봉을 한 번에 붙잡았다. 뒤통수를 맞지 않은 게 천만다행이었다.

게다가 곤봉은 조의 왼쪽 어깨를 덮쳤고, 조는 오른손잡이였다. 그래서 곤봉이 다시 내려치기 전, 뒤로 홱 돌아 놈의 허리를 거뜬히 휘어잡을 수 있었다. 두 사람은 서로 얼굴을 맞댔다. 신장은 비슷했다. 조는 마치 벽돌을 깨듯 남자의 콧대를 이마로 힘껏 들이받아 코뼈를 으스러뜨렸고, 눈까지 벌겋게 부어버린 남자는 쓰라린 고통에 고꾸라지기 시작했다. 무릎을 들어 올린 조는 남자의 턱을 인정사정없이 세차게 후려쳐 결국 부러뜨렸다.

바닥에 맥없이 쓰러진 남자는 신경이 여기저기 끊겨 죽은 것처럼 보였지만 간신히 숨은 쉬고 있었다.

조는 재빨리 고개를 돌려 좌우를 살폈다. 그는 차 한 대가 지나다닐 만한 골목에 있었다. 싸구려 모텔에 머물고 있던 조는 복도 중간에 있는 직원용 출입구를 통해 나왔었다. 어느 쪽에도 그 골목을 지나가거나 서 있는 사람은 없었다. 아무도 보지 못했다. 거리를 비추는 희미한 가로등만 있을 뿐, 골목은 어둠에 덮여 있었다.

조는 왼팔을 아래위로 흔들며 제대로 움직이는지 확인했다. 왼쪽 어깨를 내려친 곤봉 때문에 왼팔 전체에 감각이 없었다. 바닥에 쓰러진 남자를 대형 철제 쓰레기통 뒤로 질질 끌고 간 조는 그자가 입은 푸른색 바람막이 점퍼 주머니를 잽싸게 뒤졌다. 남자는 전문 암살자였다. 지갑도, 신분증도 없었다. 단지 200달러가 든 머니클립과 열쇠뿐이었다. 하지만 휴대전화가 있었다. 그 남자는 완벽하게 용의주도하지는 못했다. 조가 그랬던 것처럼, 그는 실패할 거라고, 사냥감이 될 거라고는 전혀 예상하지 않았다. 조는 절대로 휴대전화를 가지고 다니지 않았다.

조는 곤봉을 자세히 살펴봤다. 경찰용이었다. 아마 그자는 신분을 숨길 수 있는 대도시에서 자질구레한 불법행위로 짭짤한 돈벌이를 일삼는 신시내티 변두리 지역의 부패 경찰일지도 모른다. 누가 그를 보냈든 조가 죽는 건 원치 않았을 것이다. 어쨌든 아직은. 놈들은 조를 연행해 심문하고 싶었을지도 모른다. 어쩌면 호출을 기다리며 차에서 대기 중인 한패가 있을 수도 있다. 조가 골목에 서 있는 차를 보고 놀라 달아날 수 있으므로 골목 입구 후미진 곳에 몰래 숨어 있을지도 모른다. 남자가 곤봉을 내리쳐 조를 쓰러뜨렸다면 같이 온 한패에게 호출했을 것이고, 두 남자는 조를 차에 태워 두목에게 데려갔을 것이다. 그게 그들의 계획이었을 것이다. 하지만 성공하지 못했다.

조는 쓰러진 남자가 마지막으로 보낸 문자를 확인했다.

"시동 끄지 말 것. 바로 이동할 예정임."

"알았음."

이게 그 문자의 답이었다. 아마도 두 명의 부패 경찰이 주고받은 듯했다.

골목은 일방통행로였다. 남자의 한패가 왼쪽에서 공회전을 하고 있다는 뜻이다. 그래야 우회하지 않고 바로 차를 세울 수 있다. 조는 망설였다. 그는 신시내티를 떠날 참이었다. 일은 모두 끝냈다. 납치된 여자아이를 구출했으니까. 차에서 대기하고 있는 놈은 죽일 필요가 없었다. 조의 정보원이 조를 배신하고 경찰들에게 조가 머무는 호텔을 알려주었던 게 분명하다. 심지어 조가 이용하는 출입구까지. 하지만 그들이 얻을 수 있는 정보는 그것뿐이다. 그게 정보원이 알고 있는 전부였으니까.

조는 방에 남겨놓은 것들을 떠올렸다. 칫솔과 새 망치, 가방, 그리고 갈아입을 옷들. 딱히 중요한 것도, 정체가 드러날 만한 것도 없었다. 그는 요깃거리를 사러 나가는 길이었고 내일 떠나려고 했다. 하지만 일이 끝나자마자 바로 떠났어야 했다. '어설펐군.' 조는 생각

했다. *'대체 왜 이런 빌어먹을 일이 생긴 거야?'*

곧 차에 있던 놈이 상황을 살피러 올지도 모른다. 조는 이제 싸우고 싶지 않았다. 싸울 때마다 이긴다는 보장도 없었다. 놈들은 단지 조가 어떻게 그들을 상대하는지 알고 싶었을 것이다. 다른 놈들이 쫓아왔다면 조를 죽였을지도 모른다. 하지만 조는 놈들을 제거할 생각이 없었다. 그들은 정보를 원했다. 조는 그저 일개 인간일 뿐이었다. 법을 집행하는 완벽한 권력이 아니라. *'할 만큼 했어.'* 조는 생각했다. *'몸은 망가졌어도 그 여자아이는 이제 자유잖아.'*

조는 골목 반대쪽으로 달려갔다. 쏜살같이 뛰어가며 좌우를 샅샅이 살폈다. 골목 끝에서 망을 보고 있는 제3의 남자는 없었다. 차 안에 앉아 있는 사람도, 덫처럼 보이지 않으려고 길가에 심어둔 사람도 없었다. 거리로 발걸음을 옮긴 조는 걷기 시작했다. 늦은 10월, 곧 사라질 것 같은 달콤한 꽃향기가 코끝을 맴돌았다. 조는 행복을 느꼈던 적이 언제였는지 기억을 더듬어봤다. 이십 년은 더 된 것 같았다.

그때 조가 녹색 택시 한 대를 발견했다. 그는 신시

내티를 운행하는 녹색 택시를 좋아했다. 연식이 오래된 택시와 나이 든 기사들. 마치 과거로 돌아간 것 같았다. 조는 택시에 올랐다. "공항으로 갑시다." 그는 머니클립을 만지작거리며 말했다. 그리고 기사에게 팁을 두둑하게 건넸다.

조는 어머니 집에 있는 침대에 누웠다. 그러고는 자살에 대해 생각했다. 자살은 메트로놈처럼 규칙적으로 떠올랐다. 똑딱똑딱. 시시때때로 머릿속에 울려댔다. 온종일, 매 순간. 조는 생각했다. '*난 자살해야 해.*'

아침마다 그리고 잠들기 전이면 그 생각은 더욱 정교해졌다. 물론 시간 낭비라고 생각했다. 어머니가 돌아가실 때까지는 기다려야 했다. 하지만 그 생각은 멈추지 않았다. 가장 마음에 쏙 드는 자살 시나리오가 있었다. 결말까지 확실했던 단 하나의 시나리오.

지난 몇 주 동안 그 시나리오의 주제는 늘 익사였다. 어느 늦은 밤 밀물이 밀려들 무렵, 베라자노 다리 밑 허드슨강에 몸을 맡기는 게 가장 최근까지 생각한 계획이었다. 물살이 세면 곧장 바다로 사라질 수 있으니까. 게다가 쓸모없는 자신의 시체 때문에 누군가를 괴롭히고 싶지도 않았다.

어머니와 함께 살기 훨씬 전, 해병대를 처음 떠났을 때 거의 자살 직전까지 간 적이 있었다. 콴티코 해병대 기지에서 퇴역 조치된 조는 볼티모어 부근의 모텔에 처박혀 날마다 혼자 술을 마시고, 영화 세 편을 몇 번이고 돌려보기만 했다. 그러다 밤이 되면 수면제를 입에 욱여넣고 검은 비닐봉지로 머리를 겹겹이 싼 뒤 강력 접착테이프로 목을 빙빙 둘렀다. 온몸에 점점 힘이 빠지며 마음 한구석에 그림자가 드리우자 한 줄기 목소리가 들렸다. *'괜찮아. 그냥 가면 돼. 넌 원래 여기 없던 거야.'*

하지만 그러고 나서 조는 비닐봉지를 움켜잡으며 가쁜 숨을 몰아쉬었다. 그 후 그 시나리오에는 시체가 남는 결말도, 쓰레기가 난무하는 마무리도 절대 용납되지 않았다. 삶을 그렇게 마감하는 게 수치스러웠다. 물론 때가 되면 깨끗이 사라질 존재지만. 그래서 바다가 그를 품기로 했다. 쓰레기 한두 개 정도는 상관없을 것이다. 조는 뒤로 물러설 곳이 없었다.

아래층에서 어머니의 소리가 들리자, 조는 침대에서 일어났다. 팔굽혀펴기 100번, 윗몸일으키기 100번. 아침마다 의례적으로 시작하는 일과였다. 운동 삼아 하는 거라곤 왕창 걷고, 있는 힘껏 핸드볼 공을 꽉 쥐는 것뿐이었다. 조는 특히 손아귀 힘이 세지는 게 좋았다. 싸울 때 꽤 유리하기 때문이다. 손가락만 부러뜨리면 상대방을 가뿐히 때려눕힐 수 있다. 아무리 힘센 사람이라고 해도 손가락이 부러지면 두려운 마음이 들기 마련이라, 마치 왈츠를 추듯 상대방의 손을 맞잡고 싸울 수밖에 없다.

그래서 조는 자신의 손이 무기였고, 몸 전체가 야구 방망이처럼 잔인한 살인병기였다. 신장 189센티미터에 몸무게 86킬로그램, 지방이라곤 찾아볼 수 없는 탄탄한 근육질 몸매. 마흔여덟 살이었지만 여전히 매끄러운 구릿빛 피부 덕에 나이보다 어려 보였다. 해병대를 떠날 무렵의 길이를 그대로 고수하는 칠흑처럼 까만 머리카락은 관자놀이를 지날수록 숱이 듬성듬성했지만, 그 앞부분은 날카로운 칼끝처럼 뾰족했다.

조는 반은 이탈리아인, 반은 아일랜드인이었다. 이탈리아 남자 특유의 길고 울퉁불퉁한 코에 전형적인 아일랜드인의 섬뜩하리만큼 깊고 푸른 눈동자를 지녔다. 눈동자 색만 아니면 영락없는 이탈리아인이다. 또 하나의 무기, 두툼한 이마가 있는 슬픔에 잠긴 듯한 얼굴은 세상사에 무관심해 보였고, 유난히 넓적하고 긴 턱은 마치 삽자루를 떠올리게 했다. 그래서 CCTV 앞을 지나갈 때면 조는 턱이 안 보이게 고개를 푹 숙였다. 온종일 쓰고 다니는 검은색 야구모자로 못생기지도 잘생기지도 않은 나머지 얼굴을 거의 다 가렸다. 그의 얼굴은 뭔가 다른 것이었다. 할 수만 있다면 찢어버리고 싶은 가면이었다. 그는 자신의 정신이 온전치 않다는 걸 잘 알고 있었기에 죄수이자 교도관이 되어 스스로를 엄격하게 다스렸다.

조는 바지와 티셔츠를 입은 뒤 아침 식사를 하러 부엌으로 내려갔다. 홈드레스를 입고 슬리퍼를 신은 어머니가 창가에 있는 의자에 가만히 앉아 조가 내려오길 기다리고 있었다. 조를 위한 아침 식사는 이미 차려져 있었다. 올해 여든 살인 어머니는 예전보다 부쩍 왜소해져서 지중해 지역에 사는 미망인 같았다. 고향 제노바에 있었다면, 어머니는 줄곧 검은 옷으로 차려입었을 것이다. 조용하고 긴 여생을 수녀처럼 살아가는 그곳의 미망인들처럼.

은회색 머리를 촘촘히 매듭지어 동그랗게 틀어 올린 어머니는 둥글고 창백한 얼굴을 대부분 차지한 커다란 안경을 끼고 있었다. 왠지 모를 슬픔이 깃든 표정으로. 수년 동안 자르지 않은 머리카락은 매듭을 풀어헤치면 허리까지 닿곤 했다. 조는 홈드레스를 입은 채 세면대 앞에서 머리를 감고 있는 어머니를 살짝 열린 욕실 문틈으로 본 적이 있었다. 숙였던 허리를 곧게 세운 뒤 깨끗이 헹군 머리를 뒤로 휘날리는 어머니의 모습은 마치 젊은 여인처럼 눈부셨고, 긴 호를 그리며 날렵하게 떨어지는 머리카락은 은빛 밧줄처럼 보였다. 그 광경은 조에게 꽤 강렬한 인상을 남겼다. 어머니도 한때는 그렇게 아름다웠다.

의자에서 천천히 일어난 어머니는 조에게 커피를

따라준 뒤 달걀부침을 건넸다. 안경 너머에 있는 눈을 살짝 깜빡이며 사랑스러운 눈빛으로 아들을 바라보았지만 웃지는 않았다. 그 순간은 조의 인생에서 유일한 기쁨이었고, 어머니에게도 마찬가지였다. 두 사람은 아무 말도 하지 않았다.

매일 오후 2시가 되면 조는 레고 파크에 있는 어머니 집을 나와 산책을 했다. 서쪽으로 30블록가량을 이리저리 지나가며 매번 다른 길로 정처 없이 거닐다가 퀸스대로를 따라 일직선으로 달렸다. 마침내 63드라이브에 있는 에인절 식료품점을 지나갔다. 에인절은 조의 연락책이었다. 매클리어리는 조와 연락하길 원하면 에인절에게 전화를 했고, 그때마다 에인절이 조의 지시대로 창문에 같은 신호를 남겼다. 매번 철자 실수가 있었어도 조는 한눈에 알아봤다. "달걀과 베이컨, 샌드위치, 1.5달러" 에인절은 조의 이름이나 주소를 몰랐지만, 그래야 에인절도 조도 안전할 수 있었다.

하지만 조는 새 연락책이 있어야겠다고 생각했다.

조가 에인절을 처음 알게 된 이후, 그와 접촉하는 유일한 시간은 한 달에 한 번 500밀리리터짜리 우유를 사러 가게에 들를 때였고, 그때마다 우유가 있던 냉장고에 500달러를 숨겨두었다. 조가 우유를 사러 오면, 가끔 에인절의 열네 살짜리 아들 모이시스가 가게에 있기도 했다. 한창 사춘기에 접어든 모이시스는 비쩍 말랐지만 제법 키가 컸고 모든 상황을 눈치 챌 만큼 영리한 아이였다. 그래서 조가 일부러 주의를 주지 않아도 될 만큼 에인절이 모이시스에게 뭔가 단단히 일러둔 게 틀림없어 보였다.

일주일 전 신시내티에서 임무를 막 끝냈을 무렵, 조는 주택용 차고가 즐비한 골목에서 뒷문을 이용해 어머니 집으로 들어갔다. 그는 절대 현관문으로 들어가지 않았다. 그래서인지 아무도 조가 집안에 드나드는 걸 본 적이 없었다. 골목을 지나는 사람도 거의 없는 데다, 조는 아무도 몰래 민첩하고 재빠르게 움직이는 데 익숙했다. 하지만 조는 그가 없는 동안 문이 열렸는지를 알려주는 작은 판지 조각을 제거하면서 뒷문을 열자마자 무언가를 느끼고 뒤를 돌아다봤다.

모이시스가 골목을 가로지르는 건물 2층 비상계단으로 막 나오더니 조를 똑바로 바라보고 있었다. 모이시스의 친구가 그 뒤를 따라 내려왔고 두 아이는 담배를 피우기 시작했다. 조는 슬며시 안으로 들어갔다. 어머니의 집과 에인절의 식료품점 사이에는 수많은 집들이 있었지만, 모이시스가 하필 조의 건너편에 사는 친구와 어울리게 된 것은 불행한 일이었다.

매클리어리에게 전화하라는 신호가 창문에 적혀 있었지만, 조는 에인절과 얘기를 나누러 식료품점으로 들어갔다. 삽처럼 널찍한 턱이 안 보이게 고개를 푹 숙이고 모자챙을 아래로 끌어당기면 CCTV에 조의 얼굴이 찍히지 않았다. 조는 색이 바랜 지퍼형 후드와 푸른색 티셔츠, 청바지를 입고 앞코에 철제장식이 있는 작업용 부츠를 신고 있었다. 차림새가 워낙 남루해서 건설 현장에서 일하는 막노동꾼처럼 보였다. 신분을 숨기기엔 안성맞춤이었지만.

음식판매대 뒤에 있던 에인절은 조를 보자마자 움찔하며 초조해했다. 월말도, 심부름 값을 받는 날도 아니었다. 두 사람은 구석에 있는 쪽방으로 들어갔다.

에인절은 땅딸막하고 뚱뚱한 데다 사자처럼 생기기는 했지만, 마음씨가 착한 사내였다. 그게 바로 조가 에인절을 선택한 이유였다.

"아들이 나를 봤다고 말했나?"

조는 말을 많이 하는 편이 아니었다. 말을 많이 할수록 누군가가 그를 알게 되고, 정체가 탄로 나면 위험에 빠질 게 뻔했다.

에인절은 엉겁결에 등 뒤에 있는 금속 선반 쪽으로 뒷걸음질하며 몸을 움츠렸다. 그는 망설였다. 한 달에 500달러씩 받는 심부름 값은 그야말로 축복이었지만, 어쩌면 마약 같은 축복일 수도 있었다.

"네, 그렇습니다."

에인절이 슬그머니 다가가며 대답했다. 조는 군대식 답변이 당연하다고 생각하는 것 같았다. 에인절은 군복무를 한 적이 없는데도.

"날 어디서 봤는지도 말했나?"

"아닙니다. 전 아들 녀석에게 '입도 뻥긋하지 마'라고 했습니다. 제가 알게 되는 걸 당신이 싫어할 것 같아서요. 모이시스는 당신을 일부러 보려던 게 아닙니다. 착한 아이입니다."

조는 에인절을 뚫어져라 쳐다봤다. 에인절은 사실대로 말하고 있었다. 조는 더 이상 추궁하지 않겠다는 듯 가볍게 어깨를 으쓱하며 천천히 차분하게 눈을 감았다. 마치 서서 잠을 자는 것처럼. 이제 그곳을 나가겠다는 조만의 신호였다. 아무 말없이 쪽방에서 나온 조는 거침없는 발걸음으로 매클리어리의 사무실로 향했다. 에인절을 다시는 볼 생각이 없었다. 더는 안전하지 않았으니까.

조는 매클리어리의 낡고 얼룩진 책상을 사이에 두고 그와 마주 앉았다. 맨해튼 8번대로 38번가에 있는 낡은 건물 꼭대기에 자리한 매클리어리의 사무실은 매우 작고 비좁았다. 삼류 회계사 사무실과 보험회사, 부동산 중개소, 주화 수집상과 노인을 위한 치과 등이 즐비한 길고 구불구불한 복도에 있었다. 창문이 환기구에 가려져 있다 보니 하늘은 이웃 건물의 지붕 위로만 슬쩍 볼 수 있었다. 조는 특이한 모양으로 지나가

는 구름을 힐끔 쳐다봤다. 구름은 마치 엑스레이로 찍은 충치 같았다.

조가 사무실에 들이닥칠 즈음 매클리어리는 재떨이에 있는 담배꽁초를 연필로 아무렇게나 쿡쿡 찍으며 막 통화를 하는 중이었다. 담배꽁초들은 여기저기 짓밟혀 고통스러운 벌레처럼 산산이 부서졌다. 매클리어리는 입을 열 때마다 이렇게 말했다.

"네… 네."

매클리어리는 수많은 보안업체나 대규모 법률 사무소에 이른바 '해결사'를 알선하는 중개인이었다. 해결해야 할 사람의 명단은 장부에 기록하지 않는다. 매클리어리에게 금액만 제시하면 해결사가 의뢰인의 요구를 처리했다. 매클리어리는 조 같은 해결사에게 갖은 불법행위를 맡긴 뒤 돈을 지급했다. 매우 특수한 임무는 항상 조에게만 맡겼다.

60대 중반에 접어든 매클리어리는 혈관이 드러날 정도로 끔찍하게 벌건 코를 가진 알코올 중독자로 전직 주 경찰이자 수사관이었다. 하지만 이미 한창때가 지나 볼품없이 살만 쪄서 다부진 데라곤 하나도 없었고, 입고 있는 싸구려 회색 양복은 처진 턱살처럼 보기 흉하게 축 늘어졌다. 소시지처럼 살찐 손가락은 터질 듯 부풀어 올랐고, 딱딱하게 굳은 거무스름한 살이 누렇게 뜬 손톱을 들어 올리고 있었다. 매클리어리의 팔 끝까지 산소가 통하지 않는 것처럼 보일 정도였다.

매클리어리는 술도 술이지만 줄담배를 피우는 시간이 더 많았다. 조는 매클리어리의 발가락 상태가 어떨지 상상하며 자신을 고문했다. 그러고는 그 발가락을 자신의 입 속에 쑤셔 넣는 생각을 했다. 그런 생각을 하는 자신이 싫었다. 병든 개처럼 안락사하고 싶었다.

그렇게 술을 마시는데도 매클리어리는 흰머리 하나 없이 늘 갈색머리를 유지했고, 그 머리색 때문에 핏발 선 붉은 얼굴이 도드라져서 더욱 음흉해 보였다. 한때는 잘나가는 경찰이었지만 지금은 책상에 앉아 해결사나 알선하는 중개업자로 전락했으니 썩은 껍질이나 다름없었다. 전화기에 대고 투덜거리던 매클리어리가 조를 바라보며 통화가 거의 끝나간다는 눈짓을 보냈다.

매클리어리는 조를 좋아했지만, 그에게 많은 일을

맡기지는 않았다. 조는 매클리어리가 지금껏 만났던 경찰이나 탐정, 사기꾼보다는 고위층 인사와 더욱 가까웠다. 2년 전, FBI요원 굴든이 매클리어리에게 조와 그에 관한 일부 자료를 보냈다. 조에 대한 정보는 그게 다였다. 매클리어리는 아마 조가 이탈리아인처럼 보여서 좋아했는지도 모른다. 이탈리아 출신 부인을 두었던 매클리어리는 먼저 세상을 뜬 아내를 한순간도 잊은 적이 없었다. 두 사람에게 자식은 없었다. 매클리어리는 자식이라는 축복이 내려지길 바랐다. 그랬다면 아마 아내도 지금껏 살아 있었으리라. 한 번 더 수화기에 불평을 늘어놓은 매클리어리가 전화를 끊었다.

"에인절 번호는 없애버려요."

매클리어리가 수화기를 내려놓자마자 조가 말했다.

"새 연락책을 찾아야겠어요."

"좋을 대로."

매클리어리가 회전식 명함철을 힐끗 보며 말했다. 비교적 구세대인 매클리어리는 여전히 펜과 종이를 사용했지만, 꽤 괜찮은 컴퓨터도 갖고 있었다. 시대에

뒤떨어질 수는 없으니까.

"신시내티 임무는 어땠나?"

천천히 눈을 감은 조는 말없이 고개를 끄덕이며 그 질문에 대한 답이 되었길 바랐다. 중개업자는 의뢰인에게 돈을 받은 뒤 자기 몫을 떼고 남은 돈만 조에게 주면 된다. 더 이상 무슨 말이 필요할까? 조는 신시내티 골목에서 자기를 덮친 부패 경찰에 대해서는 매클리어리에게 말하지 않기로 했다. 그렇게 신분이 노출되는 어리석은 실수는 조의 체면을 깎아내릴 게 뻔하다.

매클리어리가 조를 바라봤다. *'저 자식이 또 잠자코 있을 모양이군.'* 그가 생각했다. 잠깐 중개업자라는 신분을 망각한 매클리어리는 조가 마음을 열어주기만 하면 함께 잡담을 즐기고 싶었지만 그럴 수 없다는 걸 바로 깨달았다. 젠장, 언젠가는 침묵을 깨야 했다. 이번만큼은 조가 말을 꺼낼 때까지 기다리기로 했다.

"날 부른 이유는요?"

감았던 눈을 뜬 조가 사무실을 이리저리 걸어 다니며 물었다.

매클리어리는 체념한 듯 한숨을 쉬었다. 그러고는

입을 열기 시작했다.

"이번 일은 내가 직접 물어온 거야. 그러니까 이번 수고비는 쪼개야 하네. 어떤 방식으로든. 어쩌면 내가 재미 삼아 뉴욕 최고의 레스토랑에 갈지도 모르거든. 뭐 어쨌거나. 자네도 보토 상원의원 알지? 내가 주 경찰관으로 일하던 1980년대에 잠시 보토의 경호를 맡았었지."

조가 고개를 끄덕였다. 보토는 수십 년 동안 올버니 정계의 막강 실세로 통했지만, 거대한 부정부패에 연루되었다는 소문이 끊이지 않자 공직에서 물러나 체포되었다. 보석으로 석방된 채 선고 공판을 기다리고 있을 무렵, 자다가 돌연 사망하는 바람에 유죄 판결을 모면했다. 뇌동맥이 파열된 보토는 자신이 사망하리라고 짐작조차 못했으리라.

매클리어리가 말을 이었다.

"글쎄, 보토의 아들 앨버트 보토에게서 전화가 왔어. 이제는 앨버트가 올버니의 새로운 보토이자 떠오르는 거물이지. 상원의원이 된 지 이제 막 1년 되었는데, 곧 주지사가 될지도 모른다고 소문났더군. 정계

진출은 인지도가 최고니까. 엿 같은 인지도라도. 그런데 6개월 전 보토의 열세 살 된 딸이 실종됐네. 인터넷으로 인신매매를 하는 어떤 변태 새끼가 아이를 납치한 것 같아. 자네도 무슨 뜻인지 알 거야. 충격을 받은 보토 부인은 딸이 납치된 지 한 달 후에 자살하고 말았어. 너무 비극적인 일이지 않나. 보토는 한동안 주지사 선거에 나설 수 없겠지만 몇 년 안에 동정표를 얻을 게 뻔해. 신문에서 그 기사는 읽었지?"

"당연하죠." 조가 말했다.

"그런데 보토가 딸 실종 사건에 대한 단서를 잡은 것 같아. 그런데도 경찰 수사를 원하지 않더군. 그 이상은 내게 말하지 않았어. 절차를 알고 있더라고. 내가 그나마 투명한 중개업자잖아. 오늘 아침 올버니에서 보토가 날 찾아왔어. 웰스트리트 근처 W호텔에 머무르고 있네. 자넬 당장 만나고 싶다더군."

"그러죠."

조가 말했다. 그는 자리에서 일어나 문을 향해 걸어갔다.

"좀 살갑게 굴어봐. 잡담 몇 마디 한다고 죽는 거 아니니까.”

매클리어리가 말했다.

“그 아버지는 내가 아는데, 사기꾼이긴 해도 나름대로 품위는 있었어.”

고개를 끄덕인 조는 소리 없이 발걸음을 옮겼다.

“다음 주에 들르게. 신시내티 임무에 대한 수고비를 줄 테니. 같이 술이나 한잔 하자고.”

매클리어리가 서둘러 사무실을 나가는 조의 뒤통수에 대고 소리쳤다. 부질없는 소리인 줄 알면서도. 사무실 문이 닫히는 바람에 조가 들었는지 안 들었는지는 알 수 없었다. 매클리어리는 외로움을 벗어나고 싶었던 게 아니라면 왜 조에게 함께 술을 마시자고 소리쳤는지 도무지 알 수가 없었다. 절대로 발설하지 말아야 할 기도를 사방에 퍼뜨린 것 같았다.

조는 8층에서 계단을 내려갔다. 그는 가능하면 승강기를 타지 않았다. 승강기는 여러모로 위험한 장치였다. CCTV가 여러 대 있는 데다 출구도 하나이기

때문이다.

조는 영원히 녹슬지 않는 기계처럼 날렵하게 계단을 내려가며 진심으로 좋아했던 사람, 매클리어리를 생각했다. 매클리어리가 뒤에서 소리치는 걸 똑똑히 들었고, 함께 맥주를 마시며 야구도 보고 싶었지만, 더는 그러고 싶지 않았다. 지금 당장은 아니었다. 냉동 탑차 속에서 발견한 죽은 여자아이들 때문이 아니라 무너진 마루처럼 마음속에 있던 무언가가 산산이 부서졌기 때문이었다. 마음 밑바닥에서 주체할 수 없는, 항상 거기에 있었고 더는 억누를 수 없는 자기혐오가 맹렬하게 끓어올랐다.

조는 아버지의 구타가 자신의 영혼을 지배해 마치 토템처럼 자의식에 새겨져 있다는 사실을 잘 알지 못했다. 가학적인 아버지의 폭력에서 살아남을 수 있었던 유일한 방법은 그 행위가 정당하고 아버지는 그럴 만한 자격이 있다고 믿는 것뿐이었다. 게다가 그 믿음은 여전히 조와 함께했고 돌이킬 수도 없었다. 조는 아버지가 시작한 그 폭력행위를 끝내려고 거의 오십 년을 기다렸다.

역시 해병이었던 아버지 조지프는 한국전쟁에 참전했다. 인간으로서 떠났지만, 인간 이하의 존재가 되어 돌아왔다. 나름 명예롭게 제대한 뒤에 라과디아 공항에서 비행기 정비사로 일했지만, 자존감을 많이 잃어갔다. 그래서 일도 싫었고 인생도 싫었다. 엄호나 탄약이 없는 전쟁터에서 몸부림치는 악몽에 매일같이 시달리는 것도 싫었다. 그리고 아름다웠던 이탈리아인 부인도 싫었다. 부인은 여전히 그를 사랑했지만, 그는 더는 사랑이라는 감정을 느낄 수 없었다. 두 사람은 전쟁이 일어나기 전에 결혼했다. 전쟁이 끝나자 아버지는 돌변했고 두 사람의 결혼생활은 한순간에 무너졌다.

그 후 아버지는 오직 술에 의지하며 아일랜드인 특유의 끈질긴 근성으로 삶을 버텨냈다. 하지만 아무리 스스로를 진정시키려고 해도 마음은 평화롭지 않았다. 아버지의 폭력에 시달리며 유산을 거듭하던 어머니는 결국 세 번째 유산 끝에 조를 낳았다.

스스로 분노를 다스리려던 아버지는 빗자루 손잡이로 조를 때리기 시작했다. 그것도 주로 조의 몸을 때렸다. 조가 여덟 살 때, 학교 신부님이 눈이 시퍼렇게 멍들고 입까지 찢어진 조를 본 후, 아버지에게 아이를 너무 심하게 다루지 말라고, 얼굴에는 절대 체벌을 하지 말라고 당부했다. 그 뒤 아버지는 빗자루 손잡이를 반으로 자른 후 검정색 절연테이프로 칭칭 감았다. 조는 이 조잡한 몽둥이로 오른쪽 정강이를 까였고, 그 충격 때문에 그의 정강이에는 아직도 홈이 깊게 파여 있다. 조는 양말을 신을 때면, 항상 그 홈을 손가락으로 두드리는 걸 즐겼다.

조의 어머니도 아들을 때리는 남편을 말리고 싶었지만, 그럴 수 없었다. 너무 작고 약한 조가 어머니를 때리는 아버지를 막을 수 없었던 것처럼.

조가 열세 살이 되었을 무렵, 한 번은 아버지가 너무 취해 빗자루 손잡이를 찾지 못하자 망치를 들고 조에게 다가왔다. 망치에 맞아 쓰러진 조는 도망치려고 발버둥쳤고, 안간힘을 다해 아버지의 손아귀를 벗어나자마자 끔찍한 공포에 사로잡혀 의식을 잃고 기절했다. 잠시 후 조는 바지에 오줌을 잔뜩 묻힌 채 깨어났고, 조의 모습을 바라보던 아버지는 커피콩같이 생긴 입 주변에 하얀 침까지 흘리며 빙그레 웃었다.

한 달 뒤 아버지는 식도궤양 출혈로 기도가 막혀 사망했다. 알코올 중독자의 죽음. 하지만 조와 어머니에게 별로 변한 게 없어 보였다. 아버지를 땅에 묻은 후에도 두 사람은 항상 아버지가 돌아오길 기다리고 있는 것 같았다.

앨버트 보토 상원의원은 조보다 훨씬 덩치가 컸지만, 다부지다기보다는 뚱뚱한 편이었다. 값비싼 회색 정장에 붉은색 넥타이를 매니 가슴 한복판에서 피가 줄줄 흐르는 것 같았다. 대부분의 정치인처럼 머리숱도 많은 데다 상냥하고 통통한 미국인다운 얼굴을 하고 있었다. 마치 그에게서 이탈리아인의 피가, 보토 집안의 흔적이 깨끗이 사라진 것처럼 보였다. 덩치가 커서인지 수다스럽고 화통해서 좋은 정치인, 훌륭한 주지사 후보자처럼 보였지만, 가까이에서 보면 대부분의 고위층 아들답게 나약한 면과 잔혹함이 드러나기도 했다. 그래서인지 조를 따라다니는 것과는 다른

종류의 그늘이 배어 있었다.

“당신이 전직 해병대이자 FBI요원이었다고 매클리어리가 말하더군요.”

“그렇습니다.”

조가 말했다. 두 사람은 보토가 머무는 객실 거실에 있었다. 보토는 소파에, 조는 책상 앞에 있는 딱딱한 의자를 끌어당겨 앉았다. 두 사람 사이에 윤기 나는 매끈한 탁자가 놓여 있었다. W호텔은 초현대식이라 불편했고 온천이나 양초 냄새 같은 알싸한 향이 곳곳에 풍겼다. 신흥 부유층이 풍기는 덧없는 냄새. 로비에서 연결된 계단을 이용할 수 없어 조는 승강기를 탈 수밖에 없었다. 그래서 약간 초조했다.

“이라크나 아프가니스탄에서도 복무했나요?”

보토는 상원의원답게 열등생의 허점을 콕 집어내어 영리한 질문을 던지는 똑똑한 사람이었다.

“사우디아라비아와 쿠웨이트, 이라크요. 91년도에 1차 걸프전쟁에 참전했어요.”

보토는 잠깐 어리둥절해했다. 조의 나이를 잘못 판단했으리라. 조의 얼굴은 주름살 하나 없이 매끈했다.

그러고는 보토가 말했다.

"그 당시 사망자가 없었잖아요. 맞죠?"

조는 지그시 눈을 감았다. 보토는 무지했다. 하지만 사람들 대부분이 그렇다. 조는 걸프전쟁의 첫 지상 교전지인 사우디아라비아 카프지에 있었다. 그 전투에서 동료 열한 명을 잃고, 적군 열여덟 명을 사살했다. 조는 천천히 눈을 뜨며 말했다.

"맞습니다. 아무도 죽지 않았죠."

보토는 자신이 지닌 끔찍한 문제들에도 불구하고 조건반사적인 웃음을 지었다. 그는 생각이 깊지 않았다. 미국이 이따금 죽음이 없는 착한 전쟁을 치렀다는 것만으로도 안심하는 사람이었다.

"그럼 FBI에서는 무슨 일을 했나요?"

조는 의뢰인의 질문들을 당연하게 받아들인다. 이력을 꼬치꼬치 캐물어야 조를 통제하고 있다고 느낄 테니까. 물론 그게 착각일지라도. 왜냐하면, 조는 통제될 수 없기 때문이다. 그 누구에게도. 하지만 조는 의뢰인을 안심시킬 만한 대답을 준비하고 있었다. 일을 위해서라면 돈을 지급하는 사람이든 그가 조사해야 할 사람이든 대화를 나눌 수 있었다. 사적인 것은 아니었다. 목적이 있었다. 조는 도구였다. 그는 쓸모가 있었고, 가면을 쓰고 거의 자유롭게 말할 수 있었다. 태연하게 정상인인 척할 수 있었다.

"12년 동안 비밀리에 성매매 전담반에서 근무했습니다."

조가 말했다.

"희생자는 대부분 세계 각지에서 납치된 여성들과 아이들이었고, 모두 성매매를 강요당했어요. 인터넷 채팅을 통한 꾐에 넘어가 납치된 미국 아이들도 있고요. 남자애들도 있지만 대부분 여자아이죠. 모두 성노예가 됐어요. 내 임무는 그 아이들을 찾는 거였어요. 매클리어리와 일하던 지난 몇 년 동안에도 거의 비슷한 일을 했습니다."

보토는 말없이 고개를 끄덕였다. 조가 한 말을 곰곰이 새겨들은 보토는 심란하고 괴로운 듯 보였다. 그의 윗입술과 이마에 땀이 흘렀다. 객실은 시원했다. 그때 탁자 위에 있던 보토의 휴대전화가 윙윙거렸다. 보토는 휴대전화를 빤히 바라볼 뿐, 받지는 않았다. 벨소리가 멈췄다. 조는 계속 얘기를 나누고 싶었다.

"따님이 온라인으로 남자를 만난 후 사라졌다고 들었습니다만."

다시 보토의 휴대전화가 울렸다. 이번에는 보토가 받았다. 이메일을 읽고는 다시 휴대전화를 탁자 위에 내려놓았다.

"미안해요."

보토가 말했다.

"업무 전화였어요. 올버니요."

보토는 마치 독이 든 성배처럼 올버니의 이름을 말했다.

"그렇군요."

조가 말했다. 그는 다시 말을 이었다.

"따님이 온라인으로 남자를 만난 뒤 사라졌습니까?"

보토는 대답하지 않았다. 그는 고개를 돌리며 일어나서는 소형 냉장고가 있는 미니바 앞으로 가서 객실용 탄산수와 위스키 한 병을 꺼냈다.

다시 조에게 돌아온 보토는 유리잔에 탄산수를 조금 부은 뒤 위스키를 모두 따랐다. 조에게는 한 잔도

권하지 않았다. 위스키를 한 모금 마신 뒤 조에게서 등을 돌린 채 말했다.

"네. 페이스북에서 알게 된 남자였지요. 서른 살이고 모델처럼 생겼어요. 그리고 제 딸아이는 또래보다 조숙했고요. 음식에 든 호르몬 때문이라고 하더군요. 이제 갓 열세 살인 데다 한창 남자에 빠질 나이니까요. 하지만 서른 살의 그 남자는 존재하지 않았더군요. 누군가 다른 사람의 사진이었죠. 딸아이가 정확히 누구를 만났는지 아무도 몰라요. 경찰도 아무 소득이 없었습니다. 딸아이는 온데간데없이 사라졌어요. 아내는 딸이 실종된 걸 받아들이지 못했고요."

조는 잠시 머뭇거리다 입을 열었다.

"따님은 집에서 어떻게 지냈나요? 사라지기 전에요."

보토는 다시 술 한 잔을 마시고는 뒤돌아섰다. 나지막한 목소리로 그가 말했다.

"딸아이는 자기 엄마와도 통 말을 하지 않았어요. 아버지인 저도 싫어했고요. 그게 시작이었던 것 같아요."

낯을 들지 못할 정도로 부끄러워하는 보토는 다시 소파로 돌아와 앉았다. 그러고는 조를 바라봤다. 마치

고해성사를 듣고 있는 신부를 바라보듯이. '*날 용서할 수 있나요?*'

담담한 표정으로 몸가짐을 정리한 조는 눈을 크게 뜬 채 고개를 갸우뚱거리며 어깨를 으쓱했다. 동정심과 함께 깊은 체념을 드러내는 것 같았다. 이런 표정과 자세는 어머니에게서 자주 봤다. 거의 귀가 먼 어머니는 마치 무성영화에 나오는 배우처럼 몸짓으로만 의사를 전달했고, 조는 치매에 접어든 어머니의 몸짓을 갈수록 닮아가고 있었다.

다시 제 모습으로 돌아온 조는 본질적인 문제로 들어갔다.

"매클리어리의 말로는 의원님에게 새로운 단서가 있지만, 경찰에게는 수사를 의뢰하지 않겠다고 하셨다더군요. 따님과 연락이 됐습니까?"

"아닙니다."

보토가 말했다.

"오늘 아침 익명의 문자를 받아 통신사에 확인했어요. 번호가 벌써 삭제되었더군요. 발신자를 찾을 수 없었어요. 휴대전화 판매처도 찾지 못했고요."

조도 가끔 본의 아니게 출처를 알 수 없는 휴대전화를 쓴 적이 있지만 대부분 가까이하지 않았다. 일단 목소리가 녹음되는 게 싫은 데다 상대방과 나눈 모든 대화가 기록으로 남을 것 같았다. 조의 목표는 어디를 가든, 무엇을 하든 늘 흔적을 남기지 않는 것이었다.

"문자 좀 봅시다." 조가 말했다.

보토는 휴대전화를 집어 만지작거리다 조에게 건넸다. 조는 문자를 확인했다.

> 당신 딸은 뉴욕 48번가 244번지 동쪽의 사창가에 있어요. 당신에게 알려주지 않으면 내가 죽을 것만 같았어요. 아이가 집에 가고 싶어 합니다. 유감스럽지만 아이는 엄마 소식을 모르는 것 같더군요. 내가 사정상 경찰에 갈 수가 없어 당신에게 알려주는 거예요. 놈들이 아이에게 마약을 먹였지만 아이는 괜찮은 것 같습니다. 진심으로 미안합니다.

"장난은 아니겠죠?"

보토가 갑자기 불안해하며 말했다. 약간의 술과 분

위기가 그를 자극했다.

"장난일 리 없잖아요? 이 남자가 딸아이를 본 게 분명해요."

보토는 남은 술을 전부 들이켰다. 그의 얼굴이 벌겋게 달아올랐다.

조는 몇 번에 걸쳐 문자를 휙휙 읽었다. 이상해 보이기는 했어도 말이 되기는 했다. 마약에서 갓 깨어난 사람처럼 자책감에 사로잡혀 괴로워하는 것 같았다. 미성년자를 성매매하는 남자들은 코카인이나 각성제를 습관처럼 흡입했고, 전부 그런 건 아니지만 소시오패스가 될 가능성이 농후했다. 몇몇은 그런 짓을 했다는 걸 후회하기도 하지만.

조는 보토의 휴대전화를 탁자에 내려놓았다. 문자는 오늘 아침 7시 23분에 발송된 것이었다. 문자를 보낸 남자는 아마도 아침 7시, 가게 문이 열리자마자 휴대전화를 사갔을 것이다. 잠시 머뭇거리다가 용기를 냈으리라. 문자를 보낸 뒤 휴대전화를 던져버렸을지도.

"조사해볼 필요가 있겠어요."

조가 말했다.

"성매매업자가 어린 여자아이들을 쫓는 흔한 방법이 페이스북 같은 SNS에 가짜 프로필을 만드는 거예요. 잘생긴 남자 사진을 미끼로 여자아이들을 꾀는 거죠. 아마 따님도 그렇게 넘어갔을 겁니다."

조는 성매매업자들이 자신을 불행하다고 생각하는 어린아이들과 메시지를 주고받으며 그 아이들을 표적으로 삼는다는 말까지는 덧붙이지 않았다.

"문자를 보낸 사람이 제 딸을 성매매했다고 생각합니까?"

보토의 목 언저리가 갑자기 붉어졌다.

조는 그 질문에 대답하지 않았다. 그리고 보토에게 물었다.

"왜 경찰이 아닌 매클리어리에게 전화했나요?"

"빌어먹을 경찰들."

화가 난 보토는 자리에서 일어나 서성거리기 시작했다. 목에 드러난 핏줄이 마치 벌레처럼 꿈틀거렸다.

"경찰들은 아무것도 하지 않았어요. 제길."

다시 미니바 앞으로 간 보토는 미니 보드카 한 병을

꺼내 허겁지겁 들이키더니 숨넘어갈 듯 기침을 하며 몸을 앞으로 숙였다. 마치 술꾼이 아닌데도 그렇게 행동하는 것처럼 보였다. 조는 가만히 지켜보기만 했다.

보토가 몸을 추스르며 쉰 목소리로 입을 열었다.

"난 경찰과 영장 문제로 씨름하느라 꾸물거리고 싶지 않아요. 시간을 낭비하고 싶지도 않고요. 당신이 직접 가서 딸아이를 데려왔으면 좋겠어요. 딸아이를 봤다는 사내를 찾아 그 개자식을 내 손으로 처리하고 싶어요. 분명 내가 아는 자일 거예요. 내가 아는 사람이 내 딸에게 몹쓸 짓을 하다니!"

조는 보토가 하는 말이나 행동이 모두 연기처럼 느껴졌다. 보토는 참을 수 없는 분노에 휩싸인 남자라는 걸 애써 보여주기라도 하듯 책상 위에 놓인 세련된 현대식 등을 세게 휘둘러 쳤다. 가느다란 등은 책상 위를 스치며 날아갔지만, 전선에 걸려 책상 끝에 대롱대롱 매달렸다가 가여울 정도로 공허하게, 심지어 깨지지도 않은 채 바닥에 떨어졌다. 보토는 소파로 돌아와 털썩 앉더니 고개를 푹 숙이며 울기 시작했다.

몸을 앞으로 기울인 조는 꿈쩍도 하지 않은 채 오

른쪽 정강이에 난 상처 자국을 툭툭 건드렸다. 보토는 자기 멋대로 법을 주무르고 싶었겠지만, 딸의 안전이 걱정되었으리라. 일단 보토의 전화번호를 알고 있는, 친구일지도 모를 그 남자를 찾고 싶었다. 딸을 강간한 그 남자를 찾는 게 급선무였다.

조는 슬프게도 그때쯤 나갔어야 했다는 걸 뒤늦게야 깨달았다. 하지만 그는 나가지 않았다. 그 아이의 아버지가 나약한 바보라는 게 아이의 잘못은 아니라고 생각하고 있었다. 보토를 얼마간 더 울게 놔둔 후 조가 입을 열었다.

"따님 사진을 보여주시죠."

보토가 눈물범벅이 된 통통한 얼굴을 들어 올렸다. 그의 얼굴은 마치 포동포동한 남자아이 같았다. 보토는 지갑에서 딸의 졸업 기념으로 찍은 사진을 꺼내 조에게 건넸다.

"딸아이의 이름은 리사에요. 제가 말씀드렸던가요?"

거의 오후 5시 30분이었다. 조는 신분증(그에게는 서

로 다른 신분증 세 개가 있다)에 맞는 신용카드로 워싱턴 스퀘어 공원 근처 톰슨가에 있는 렌터카 대리점에서 차를 빌렸다. 차에 오르기 전에 외과수술용 라텍스 장갑을 꼈다. 그는 간호사처럼 주머니에 수술 장갑을 항상 넣고 다녔다. 물론 다른 이유 때문이었지만.

그러고 나서 차를 몰고 29번가에 있는 철물점으로 향했다. 맨해튼에는 철물점이 별로 없었다. 괜한 눈길을 끌고 싶지 않아 장갑을 벗고 일회용 제품만 만지작거리다가 강력 접착테이프와 면도칼을 집어 들었다. 새 망치도 샀다. 망치 손잡이를 감싼 종이 덮개만 조심스럽게 움켜잡았다.

차로 돌아온 조는 다시 장갑을 낀 후 운전석에 앉아 망치를 꽉 쥐었다. 손에 꼭 맞았다. 망치는 조가 좋아하는 무기였다. 어쩔 수 없이 조는 아버지의 아들이었다.

게다가 망치는 증거를 거의 남기지 않았고, 짧은 시간 안에 일을 끝내는 데 탁월했으며 *'어떤 놈이든지'* 잔뜩 겁을 먹었다. 인간의 마음속에 늘 자리 잡고 있는 두려움을 붙잡아두었으니까. 망치를 손에 쥔 조가 불시에 나타나면 놈들은 순간적으로 꼼짝하지 못했고, 조는 단 몇 초면 그들을 해치울 수 있었다. 그런 점에서 소방용 도끼도 썩 괜찮은 무기였지만, 도끼는 옷 안에 숨길 수 없었다. 조는 커다란 재킷 앞주머니에 망치를 넣고 48번가로 차를 몰았다.

그 건물은 브라운스톤 주택가에 있는 3층짜리 고급 아파트였다. 고풍스러운 분위기가 물씬 풍기는 블록 양쪽에는 3번대로와 2번대로에 각각 하나씩 지어진 현대식 고층 아파트가 있었다. 조는 그 블록을 여러 번 돌고 나서 이중주차를 한 뒤 비상등을 켰다. 경찰차가 이 도로로 들어오면 다시 주변을 돌 작정이었다. 몇 시간이 걸리더라도 재수만 좋으면 주차구역에 차를 댈 수 있으리라 기대했다. 해가 뉘엿뉘엿 지더니 벌써 초저녁이 되었다. 조는 자정 이후에 움직일 수 있기를 바랐다. 이곳에 도착하기 전 큰 생수병 두 개를 사두었고 그중 하나는 화장실 대용으로 쓰려고 비워놓았다.

모든 창문을 금속 커튼으로 단단히 가려놨기 때문에 그 집 안에서 무슨 일이 벌어지는지 전혀 알 수가 없었다. 고급 주택가에 있는 고급 사창가였다. 이 동네는 UN과 대기업들이 모인 미드타운 중심지와 가까웠다. 불법행위를 묵인한 부동산업자가 두 거물 범죄조직인 러시아나 이탈리아 마피아에게 집을 빌려줬을 가능성이 농후했다. 두 조직은 고급 창녀를 조달하면서 이따금 어린 여자아이들을 성매매에 이용하기도 했다. 그만큼 수요는 넘쳐났다.

뉴욕에는 거의 70만 명에 이르는 남성 백만장자가 산다. 시카고와 로스앤젤레스에 각각 25만 명, 다른 대도시는 물론 중소도시에도 대단히 많다. 줄잡아 어림해도 전국에 있는 남성 백만장자 가운데 0.5퍼센트는 어린 여자아이들을 상대로 성적, 사회적으로 비뚤어진 욕망을 채우려 하고, 그들이 원하는 것을 공급하는 시장에는 성적 욕구를 자극하는 유인책이 풍부했다. 남자들은 한 시간에 5천 달러에서 1만 달러를 내면 열두 살, 열세 살, 열네 살 된 예쁜 백인 여자아이들을 성적 노리개로 삼을 수 있었고, 화대를 많이 낼수록 더 많은 시간을 요구할 수 있었다. 기본적인 경제활동이나 다름없었다. 매우 위험하지만 수지맞는 사업인 건 분명했다.

보통 성매매업자가 어린 여자아이들을 데려오면 그 아이들 중 한두 명쯤은 스톡홀름 증후군에 빠져 고분고분해지기 마련이었다. 여자아이들을 달래고 구슬려 성매매를 시키는 건 여간 어려운 일이 아니었다. 성인 여성들과 함께 어린 여자아이들을 성매매시키는 사창가는 그 동네에서 '놀이터'라고 알려져 있었다. 여자아이들은 경찰에게 들키거나 붙잡히지 않기 위해 일주일이나 2주일에 한 번씩 이 도시 저 도시에 있는 놀이터를 전전하며 몸을 팔아야 했다. 대개 2년 정도 착취당하다가 쥐도 새도 모르게 살해되거나 먼 곳에 버려졌다. 하지만 성매매를 하는 그 24개월 동안 제대로 적응한다면 수십만 달러를 벌어다줄 수 있었다.

조는 이렇게 불쌍한 여자아이들을 성매매 소굴에서 탈출시키는 데 매우 유능했다. 그는 경찰은 엄두도 내지 못할 방법으로 아이들을 찾아냈다. 평소에는 자기만의 접근 방법과 탈출 전략을 짤 시간이 있었지만, 이번 사건은 워낙 급박하다 보니 닥치는 대로 처리해야 했다. 조는 여전히 마음속으로는 해병대였다. '*적응하고, 있는 대로 처리하고, 극복하라*'는 해병대의 좌우명에 따라 잘 훈련해왔다.

주변을 우회하거나 가끔은 이중주차를 반복한 지 몇 시간 만에, 조는 그 사창굴이 매우 잘 보이는 약 15미터 떨어진 곳에 자리를 잡았다. 아직은 행동을 개시할 때가 아니었다. 검은색 리무진과 SUV 차량 몇 대에서 남자들이 오르내렸고, 20대로 보이는 늘씬한 여성이 운동복 바지에 분홍 스키점퍼를 입고 그 집에서 나가는 게 보였다. 밤사이에 성매매가 있었던 것 같지만, 조는 그녀를 미행하지 않았다. 좀 더 쓸 만한 미끼가 필요했다. 게다가 아직은 때가 아니었다. 일단 거리에 사람이 없어야 했다. 그래서 차 안에 멍하니 앉아 있었다. 물론 방심하지 않으면서 평온하게.

'*굴든 말이 맞아.*' 조는 생각했다. 이 일은 조와 잘 맞아서 마음이 편안했다. 처음 FBI를 떠난 건 5년 전이었다. 조는 일산화탄소에 중독되어 사망한 중국인 여자아이 서른 명을 냉동육 탑차 화물칸에서 발견했다. 만일 조가 15분만, 단 15분만 그곳에 일찍 도착했어도 그 아이들은 살 수 있었을지도 모른다. 그는 공포에 질린 아이들이 앞쪽에 꽂혀 있는 가스 호스를 피하려고 화물칸 뒤쪽에 한데 모여 있다가 그대로 사망한 대학살 장면을 목격했다. FBI가 포위망을 좁혀오고 있다는 걸 눈치 챈 납치범들이 *'진실을 말해줄'* 생존자도, 증거도 모두 없애버린 게 분명했다.

바로 그때 조의 머릿속에 잠들어 있던 과거의 기억이 그를 괴롭히기 시작했다. 그동안 잘 참아왔던, 어떻게든 억눌러왔던 그 트라우마가 결국 조를 덮쳤다. 그래서 조는 무단이탈했다. 늘 하던 대로 아무도 찾을 수 없는 곳에 숨어버렸다. 2주 동안 밀워키 외곽에 있는 모텔에서 극심한 편집증에 시달렸다. 살아야 했지만 더는 버틸 수가 없었다. 그러다 그 괴로움에서 벗어나는 방법, 훌훌 털어낼 수 있는 해결책을 생각해냈다. 결국, 아주 수수하게, 아주 고요하게, 아무 흔적도 남기지 않고 눈을 감기로 마음먹은 것이다. 그래서 조는 순수해야 했다. 경건해야 했다. 냉정해야 했다. 죽음 앞에서.

조는 그가 만난 사람들에게 닥치는 불행이 모두 자기 때문이라고 생각했다. 비극적인 결말로 치닫게 하는 결정적 이유를 모두 자기 탓으로 돌렸다. 만약 자신의 영향력이나 책임감을 줄였다면 다른 사람들이 더는 고통스러워하지 않아도 될 기회가 있었을 것이다. 부정적이면서 거창한 망상이었다. 자기혐오를 가장한 자아도취라니. 그의 정신은 스스로 치유될 수 있는 기능을 이미 상실했다. 하지만 조의 편집증은 부인할 수 없는 사실이었다. 어디를 가든 고통과 처벌이 그를 따라다녔다.

냉정하고 순수하게 죽음을 맞이하기로 한 조는 아무도 가까이 하지 않았다. 친구도 포기하고 여자도 멀리해야 했다. 여자들은 번번이 조에게 외면당했다. 조는 철저히 숨어버렸다. 특히 그 자신에게서. 여자들은 조와 가까워질 수 있다고 생각했지만 절대 그럴 수 없었다. 물론 조 역시 사랑에 빠질 수 있는 순간이 있길 바라며 수년간 여자들을 만났다. 하지만 냉동 탑차에서 죽은 여자아이들을 발견한 이후 모든 바람을 멈춰야 한다는 걸 깨달았다. 여자도, 섹스도, 가벼운 말벗조차도 조의 인생에 더 이상 없었다. 세상사에 관심을 끊고 어머니에게 갔다. 어머니만이 조에게 상처를 주지 않을 유일한 분이었다. 그래서 어릴 때부터 살던 퀸스의 집으로 돌아왔다. 하지만 여전히 아버지의 체취가 방마다 고스란히 남아 있어 조의 상처는 아물기는커녕 더 나빠지기만 했다.

FBI는 무단이탈을 이유로 조를 제명했고, 3년간 조와 어머니는 거의 침묵하며 외롭게 지냈다. 어머니는 어째서 조가 마흔이 넘은 나이에 집으로 돌아왔는지, 무슨 일이 있었는지 묻지 않았다. 조에게 분명 안 좋은 일이 있다는 걸 짐작했지만, 남편이 집에 돌아오기라도 한 듯 그저 행복해했다.

2년 전, 굴든이 조를 찾아와 매클리어리를 만나라고 했다. 조에게 재활이 되길 바라면서. 그는 늘 조의 상사였다. 처음에는 해병대에서, 그다음에는 FBI에서. 그래서 조는 굴든이 시키는 대로 따랐다. 조는 복귀했다. 그는 자신이 여전히 무기로서 지나칠 만큼 잘 작동한다는 걸 알았다. 그는 비밀요원처럼 생활하기를 멈추지 않았다. 그것은 영원한 상태가 되었다.

한 치의 빈틈도 없는 성공적인 복귀였다. 그래서 조는 자기가 하는 일이 FBI와 관련이 있는지 더는 묻지 않았다. 이제 그는 이 일을 공평한 기회의 장이라고 여겼다. 도덕적 축을 사이에 두고, 양편 모두 책임을 나누어 진다. 그리고 그는 쓸모가 있었다. 망치는 왜 쳐야 하는지 묻지 않는다.

새벽 1시가 조금 지나자, 조는 사창굴로 들어가야 할 때라고 직감했다. 사창굴에서 허드렛일을 하는 남자가 나타나 심부름을 나가고 있었다. 조는 재빨리 움직였다. 청바지에 두툼한 후드 트레이닝복을 입은 남자는 블록 중간에 있는 남쪽 도로에서 2번대로를 향하고 있었다. 망을 보는 녀석 같지는 않았다. 보통 이런 데서 망을 보는 놈들은 부유한 고객들에게 자신의 지위나 권위를 드러내면서도 편안하고 고급스러워 보이는 느낌을 풍기려고 어두운 색 재킷을 입고 넥타이까지 맸다.

그래서 조는 북쪽 도로로 성큼 달려가 길을 건넌 다음, 그 남자가 오는 길목에서 5미터 정도 앞에 서 있었다. 그러고는 주변을 둘러보았다. 조를 바라보는 사람은 없었다. 쌀쌀한 10월의 밤이었고, 거리로 나온 사람도 거의 없었다. 차 두 대 사이로 성큼성큼 걸어간 조는 그 남자와 바로 맞닥뜨렸다. 폴이라고 하는 그 남자는 애틀랜틱시티에서 블랙잭 딜러로 일했지만 특별한 재능이 없어 파산한 서른두 살의 백인이었다. 폴은 별안간 조가 나타나자 깜짝 놀랐고, 조는 어김없이 오른손을 불쑥 내밀어 여자의 허리를 와락 움켜잡듯 폴의 목을 단단히 잡아챘다. 폴은 두려움에 떨 여유조차 없었다. 거의 반은 죽은 목숨이나 다름없었다. 조는 순식간에 폴을 완전히 제압했다.

조가 폴의 귀에 대고 속삭였다.

"걱정할 필요 없어. 곧 놔주겠다고 약속하지."

그 말과 함께 폴의 목을 풀어준 조는 그의 횡격막에 짧고 매서운 주먹을 연타로 날린 뒤 팔로 감싸 안았다. 누군가 창문으로 그 장면을 봤다면 술에 진탕 취해 헉헉거리며 괴로워하는 친구를 조가 도와주는 것처럼 보였으리라. 엉망진창으로 취한 술주정뱅이를 부축해 길을 건넌 뒤, 차 뒷좌석으로 데려가는 것처럼 보였을지도 모른다.

조는 폴을 뒷좌석에 밀어 넣으며 함께 차에 올라 차

문을 잡아당겨 닫았다. 그리고 강력 접착테이프와 면도날을 꺼내 재빨리 작업을 시작했다. 폴의 손목을 그의 등 뒤로 끌어당겨 테이프로 칭칭 감았고 발목도 함께 묶었다. 그리고 차 안에 김이 서리지 않도록 운전석 창문을 살짝 열어두었다.

폴이 서서히 눈을 뜨며 조금씩 숨을 헐떡였다. 조는 폴을 바로 앉힌 뒤 폴의 어깨를 슬슬 문질렀다. 폴이 되도록 빨리 협조하길 바라며.

“안에서 망보는 녀석은 몇 명이지?”

조가 물었다.

잔뜩 겁을 먹은 폴은 아무 대답도 할 수 없었다. 조는 폴을 한 대 후려칠 것처럼 손을 들었다.

“두 명이요.”

폴이 속삭였다.

“어디 있지?”

폴은 당황하는 것처럼 보였다. 조는 다시 물었다.

“집 어느 쪽에 놈들이 있냐고?”

“날 죽이진 않을 거죠?”

“물론.”

폴은 망설였다. 잔머리를 굴리려는 게 아니라 단지 두려웠을 뿐이었다. 조가 다시 손을 들었다. 폴이 거친 숨을 몰아쉬며 재빨리 입을 열었다.

"한 사람은 CCTV가 있는 1층 부엌에, 다른 사람은 2층에요. 2층 복도에 앉아 있어요."

조는 성매매가 벌어지는 방뿐만 아니라 집 여기저기에 보안 카메라가 설치되어 있을 거라 짐작했다. 카메라에 녹화된 동영상을 빌미로 공갈 협박을 하면 수입이 꽤 짭짤했기 때문이다. 조는 리사의 사진을 꺼냈다. 머리 위로 손전등을 비추더니 사진을 폴의 얼굴 앞에 내밀었다.

"그 집에 놀이터 있지? 안에 이 여자아이 있나?"

폴은 다시 벌벌 떨며 긴장했다. 그러고는 좌우를 살폈다. 그는 나가고 싶어 했다. 조는 손전등을 끈 다음 폴의 숨통을 조였다가 다시 풀어주었다.

"이 애가 안에 있냐고?"

폴은 고개를 끄덕이며 낮은 목소리로 말했다.

"네."

그는 두려웠고 부끄러웠다. 폴은 나쁜 녀석이 아니

었다. 그래서 조가 원하는 정보를 모두 털어놨다. 조는 폴의 웃옷 주머니에서 그 집 열쇠를 꺼냈고 폴에게서 집의 구조와 성매매 운영에 대한 정보를 입수했다. 예약 담당자는 건물 밖에서 일했다. 유선전화는 없었고, 오로지 휴대전화로만 예약을 받았다. 1층에는 로비가 있었고, 2층과 3층에 침실이 모두 여섯 개 있었다. 납치된 여자아이들을 성매매시키는 놀이터는 3층 복도 끝에 있는 침실이었다. 리사가 있는 침실 바로 옆에는 리사를 관리하는 '큰 언니'의 침실이 있었다.

'큰 언니'는 보통 성매매 경력이 거의 끝물에 접어들었지만, 놀이터에 있는 어린 매춘부를 돌보며 어떻게든 그 바닥에서 버티고 있는 30대 매춘부였다. 여자아이들을 교육하며 그들에게 필요한 물품을 사주기도 하고, 아이들이 얌전하게 말을 잘 듣도록 마약성 진통제인 비코딘과 옥시콘틴, 신경안정제인 클로노핀과 자낙스를 꾸준히 먹인다. 강력 진통제에 중독된 폴은 리사의 '큰 언니'에게서 약을 구매하곤 했다. 큰 언니는 폴에게 약을 팔며 거리로 내쳐지기 전 스스로 돈을 벌 수 있는 또 하나의 방법을 마련했다. 하지만 적어도 그녀는 어린 여자아이들과는 달리 더는 매춘부로서 가치가 없었기에 쓸모가 없어졌다고 해서 소리 소문 없이 살해당할 위험은 없었다.

폴에게서 필요한 정보를 모두 얻은 조는 폴의 목과 경동맥을 또다시 조였다. 폴은 조가 돌변하자 눈을 크게 떴고, 조는 열까지 세기 시작했다. 조에게는 그 10초가 너무 길고 낯설었다. 힘들어 하는 폴의 얼굴을 보다가 조는 문득 환영을 보았다. 술집에 막 들어가려던 폴이 문의 유리창에 비친 자신을 보며 헝클어진 머리를 손으로 훽훽 빗어 넘기는 모습이 보였다. 그는 자기 외모에 만족한 적이 없었다. 그래서 폴이 그 순간을 어떻게 느꼈는지 말로 표현하지 않아도 그의 삶은 모든 게 부족해 보였다.

그때 폴이 기절했다. 죽은 건 아니었다. 조는 폴을 뒷좌석에 가만히 눕히고 맥박이 뛰는지 확인했다. 그는 폴의 머리를 부드럽게 쓸어 넘겼다. 환영 속에서 봤던 폴처럼. 그리고 마치 신처럼 폴의 얼굴을 다정하게 바라봤다. 조는 어딘가에 있을 폴의 아파트를 머릿속에 그려봤다. 누추하고 후줄근한 침대, 고민을 가득 떠안은 사적인 공간, 어쩌면 폴은 그곳에서 동물처럼 몸을 숨기는지도 모른다. 조는 인간의 삶은 한 편의 영화이며, 인간이라면 누구나 그 영화의 주인공이 되어야 함을 알았다. 인간은 그 영화의 카메라이자 배우이다. 늘 두렵고 고독한 주인공이 되어 언젠가는 그들이 이끌어야 할 운명적인 삶에 도달하길 바라며 매일 잠에서 깬다. 결국, 그렇게 될 수 없는데도.

조는 폴의 머리와 목을 좌석에 대고 테이프를 붙인 뒤 그의 입도 테이프로 틀어막았다. 작은 틈을 만들어 숨은 쉴 수 있게 했다. 폴의 무릎을 구부려 다리에도 테이프를 둘렀다. 그의 발꿈치에서 허벅지 뒤쪽까지. 마치 소를 밧줄로 묶듯. 조는 제정신이 돌아온 폴이 창문을 부수며 크게 떠들어대는 걸 원치 않았다. 그리고 차 밖으로 나갔다. 이제 리사를 구하러 갈 때였다.

조가 그 집 현관문으로 들어가자마자 그가 들어오는 모습을 부엌에서 모니터로 보고 있던 경비가 복도로 나왔다. 그자는 미처 총을 잡지 못했다. 그건 실수

였다. 198센티미터에, 미식축구 선수처럼 덩치가 우람한 경비는 조에게서 6미터가량 떨어져 있었다.

"당신 대체 누구야?"

그자가 물었다. 바싹 밀어버린 머리가 살코기처럼 두툼했다. 반짝거리긴 해도 무척 보기 흉했다.

조는 그자를 향해 전력 질주하며 망치를 꺼냈다. 망치를 들고 쏜살같이 달려드는 조의 모습에 깜짝 놀란 경비는 총을 찾아 옷을 더듬거렸고, 그 사이에 조는 그자를 덮쳤다. 망치로 순식간에 경비의 얼굴과 목, 등 중앙까지 내리쳤다. 가슴 부위에 깊은 통증을 느낀 경비는 바닥으로 꼬꾸라졌다. 그때 조가 반지르르하고 불그스름한 그자의 머리를 발로 걷어찼다. 조는 사람을 죽이지 않고도 단숨에 해치울 수 있었다. 이 집에 들어온 지 불과 10초도 안 되어 벌어진 일이었다.

계단은 오른쪽에 있었다. 조가 한 번에 두 계단씩 뛰어 올라가자, 아래층에서 들리는 시끄러운 소리에 수상한 낌새를 맡은 두 번째 경비, 땅딸막하고 건장하게 생긴 흑인이 계단 맨 위에 나타났다. 조는 곧장 그 흑인에게 달려들어 거칠게 뒤로 밀친 뒤 망치로 그의 쇄골을 내리찍었다. 복도를 비틀거리던 흑인 경비가 다시 조에게 덤벼들자, 조는 야구 방망이처럼 망치를 휘둘러 흉갑을 내리쳤고, 그자는 힘없이 털썩 쓰러졌다. 조가 다시 머리를 걷어찼고, 흑인 경비는 정신을 잃었다.

쓰러진 경비와 가장 가까운 침실에서 바지만 입은 남자가 나타났다. 조는 그의 어깨를 망치로 세차게 내리치며 뭉개버렸다. 그런 다음 얼마 동안 그를 기절시키려고 그의 배를 거칠게 걷어찼다. 파닥파닥 헤엄을 치는 벌레처럼 남자는 고통스러워하며 바닥을 긁었다.

2층에 있는 침실에서 아무도 나오지 않자, 조는 3층으로 향했다. 그는 휴대전화로 통화 중인 손님이나 매춘부 따위는 신경 쓰지 않았다. 조는 늘 주머니에 전파차단기를 넣고 다녔다. 심지어 일을 하지 않을 때도. 단돈 150달러면 반경 18미터 내에 있는 휴대전화의 수신을 모두 차단할 수 있었다. 조는 어머니의 집으로 돌아간 뒤부터 줄곧 전파차단기를 사용했다. 그는 이따금 버스를 타고 퀸스대로를 지나며 창밖 풍경을 바라보는 걸 좋아했지만 승객들이 주고받는 통화 소리는 늘 거슬렸다.

조는 폴이 가르쳐준 놀이터로 가 문을 열었다. 복도에서 퍼져 들어오는 나른한 불빛 속에서 거대한 종양처럼 보이는 남자의 하얀 등을 목격했다. 그야말로 엽기적인 장면이었다. 등을 둥그렇게 구부린 남자가 몸뚱이를 밀었다 빼며 음흉스럽게 꿈틀대고 있었다. 조는 남자의 하얗고 뚱뚱한 양쪽 허벅지 아래에서 여자아이의 발목을 발견했지만, 그게 조가 볼 수 있는 전부였다.

갑자기 남자가 고개를 돌리더니 조를 바라봤다. 분노로 가득 찬 눈이었다. 감히 나를 방해하다니, 내가 얼마나 많은 돈을 냈는데. 조가 남자의 얼굴을 망치로 내리치자 남자는 여자아이에게서 나가떨어져 아무렇게나 널브러졌다. 팔로 남자를 잡은 조는 그를 바닥에 내동댕이쳤고 부츠 앞코에 달린 철제 장식으로 남자의 고환을 내리찍어 터뜨려버렸다. 그러고는 남자가 비명을 멈출 때까지 머리를 계속 걷어찼다.

꼼짝도 하지 않은 채 침대에 누워 있던 여자아이는

고개를 옆으로 돌린 채 입술만 움직이고 있었다. 아이의 다리는 여전히 벌어져 있었다. 마치 사지가 갈기갈기 찢긴 인형처럼. 조는 아이의 얼굴 앞으로 다가가 신원을 확인했다. 리사였다. 그리고 그녀가 중얼거리는 소리를 들었다. 뭐라고 하는지 거의 들리지 않았지만, 숫자를 세고 있었다. 7백대에 있는 수를 세는 것 같았다. 리사는 눈을 뜨고 있었지만, 넋이 나간 듯 게슴츠레했다. 바로 그때 그녀의 큰 언니, 인공 가슴이 유독 도드라져 보이는 깡마른 금발 여인이 실크 가운을 걸치고 그 방으로 들어왔다. 그리고 피범벅이 된 채 사타구니가 갈기갈기 찢어진 동물처럼 바닥에 쓰러져 있는 남자를 발견했다.

"대체 무슨 일이에요?"

아연실색한 그녀가 흥분하며 물었다. 그녀에게 무기가 없다는 걸 확인한 조는 그녀의 팔꿈치를 와락 낚아채며 말했다.

"이 아이한테 어서 옷을 입혀. 빨리."

조는 의자에 걸쳐진 옷을 확인했다. 가톨릭 여학교의 교복, 소아성애자의 성매매에 단골로 등장하는 저

속한 클리셰였다.

큰 언니는 충격에 빠졌지만, 아이를 침대에서 데리고 나와 치마와 블라우스, 팬티를 입혔다. 흰색 스타킹이나 조그만 검정 신발 따위는 굳이 신기지 않았다. 침대보를 벗겨내어 아이를 감싼 조는 자기가 쓰러뜨린 남자들을 하나씩 지나면서 계단을 내려간 뒤 유유히 사창굴을 빠져나왔다.

현관 앞 계단 위에 서서 좌우를 유심히 살폈다. 경찰차는 없었다. 조는 여자아이를 두 팔로 안고 재빠르게 차까지 이동했다. 사창굴에 들어간 지 약 6분 만이었다. 그는 조수석에 여자아이를 내려놓았다. 아이는 그 소굴을 벗어났는데도 여전히 멍했다.

조는 뒷좌석에 있던 폴을 차 밖으로 질질 끌어낸 뒤 길가에 버렸다. 피 묻은 망치를 하수구에 떨어뜨린 다음, 차에 시동을 걸고 W호텔로 향했다. 그는 리사를 힐끔 쳐다봤다. 리사는 창문에 얼굴을 기대고 있었다. 입술만 움직이면서. 아직도 숫자를 세고 있었다. '*이렇게 견뎠군.*' 조는 생각했다. '*끝날 때까지 숫자를 세는 거야.*'

W호텔 입구에 차를 정차한 조는 도어맨에게 20달러를 건네며 곧 돌아오겠다고 말했다. 그리고 침대보로 리사를 다시 감싼 뒤 호텔 로비를 지나 안내 데스크로 향했다. 리사는 조의 어깨에 머리를 기대고 있었다. 한동안 차 안에서 잠들어 있다가 이제 곧 침대로 옮겨지고 있는 어린아이처럼. 조에게는 리사가 연약한 새처럼 소중하게 느껴졌다. 그는 보토가 혼자서라도 리사를 잘 보살펴주길 바랐다.

홀로 안내 데스크를 지키고 있던 호리호리한 직원은 아이를 침대보로 감싼 채 들어오는 키 큰 남자의 모습에 애써 불편한 내색을 감췄다. 그 모습을 어떻게 받아들여야 할지 난감해하는 것 같았다. 보기 드문 장면이었다. 게다가 수술 장갑을 낀 남자라니. 하지만 직원은 침착해야 한다고 생각했다. 그게 바로 호텔리어다운 자세였다. 특히 시내 호텔에서 야간 근무를 할 때는 더욱 그래야 했다.

“보토 의원을 만나러 왔습니다.”

조가 말했다.

"날 기다리고 있을 거요. 조가 왔다고 전해주세요."

직원은 고개를 끄덕이며 책상 위에 놓인 수화기를 들어 보토가 있는 객실 번호로 다이얼을 돌렸다. 그리고 기다렸다.

"조라고 하는 분이 찾아오셨습니다. 의원님. 올라가시라고 할까요?"

아무 말없이 고개를 끄덕이며 전화를 끊은 직원은 데스크 앞으로 나와 조를 승강기 앞까지 안내했다. 여자처럼 엉덩이를 실룩거리며. 승강기는 이미 내려와 있었다. 직원이 출입 카드를 리더기에 대자 승강기 문이 열렸다. 직원의 안내를 받으며 리사를 안고 승강기 안으로 들어간 조는 그에게서 풍기는 역겨운 향수 냄새 때문에 잠시 머리가 띵했다. 그리고 10층을 눌렀다.

조는 보토가 있는 객실 앞으로 리사를 데려갔다. 객실 문이 살짝 열려 있었다. 발로 문을 열어젖힌 조는 객실 안으로 들어갔다. 무장 경찰 세 명이 조에게 총을 겨누고 있었다. 그중 한 명은 총에 소음기를 달고 있었고, 나머지 두 명은 조의 양쪽에서 천천히 다가왔다. 침실에 두 명, 거실에 한 명. 보토는 그곳에 없었다. 경찰들은 이제 막 도착하기라도 한 듯 초조하고 거칠게 숨을 몰아쉬며 서두르는 눈치였다. 그들은 조 뒤에 있는 문을 닫았다.

"저쪽으로 가."

우두머리로 보이는 경찰이 말했다. 양 볼에 붉은 반점이 있고 아일랜드인처럼 생긴 30대 중반의 다부진 남자였다. 그 경찰은 소음기가 장착된 총을 흔들며 조에게 리사를 거실로 데려오라고 지시했다. 몇 시간 전에 보토와 함께 앉아 있었던 바로 그 거실이었다. 조와 리사는 객실 문 옆 좁은 전실에 있었고 그 경찰은 두 사람이 거실로 들어오길 원했다. 조는 리사를 총에 맞게 할 수 없어 경찰이 시키는 대로 했다. 다른 경찰 두 명이 조에게서 리사를 떼어내 객실 밖으로 데리고 나갔다. 리사는 마약에 취했는지 여전히 잠들어 있었다. 바깥 복도 문이 닫히는 소리가 들렸다. 대체 리사를 어디로 데리고 가는 거지? 보토는 어디에 있는 거야? 소음기를 들고 있는 경찰이 여전히 조에게 총을 겨누고 있었다. 경찰들은 조의 몸을 수색하지 않았지만, 조에게 있는 거라곤 면도칼뿐이었다.

"앉아, 개자식아."

경찰이 말했다.

"손은 앞으로."

왼손에 휴대전화를 든 경찰은 엄지손가락으로 버튼을 눌렀다. 조는 가만히 앉아 있었다. 그리고 자신을 저주했다. 호텔에 도착했을 무렵 배터리를 아끼려는 욕심에 전파차단기를 꺼두었기 때문이다. 거실에 TV가 켜져 있었고, 24시간 뉴스 채널인 NY1이 방송되고 있었다. 여전히 제자리에 서 있는 경찰은 시선을 고정한 채로 조에게 총을 겨누었다. 근거리 발사에 뛰어난 22구경 권총이었다. 보통 암살범들이 22구경을 선호한다. 탄도를 추적하는 게 거의 불가능하기 때문이다.

경찰은 휴대전화를 귀에 대고 계속 기다리고 있었다. 두 사람 사이에 탁자가 있었고, 그 위에 룸서비스용 쟁반이 지저분하게 놓여 있었다. 음식은 이미 다 먹고 없었다. 다 마신 레드와인 두 병과 미니 위스키 몇 병이 탁자에 있었다. 보토 또는 누군가가 진탕 술을 마셨던 것처럼 보였다.

"체포했습니다."

경찰이 전화기에 대고 말했다.

"어떻게 할까요?"

바로 그때 조가 어수선한 탁자를 가로지르며 경찰의 다리 사이로 몸을 날렸다. 그러나 탁자에 가로막히는 바람에 더 멀리 가지는 못했다. 조가 경찰의 무릎을 강타하자, 중심이 무너진 경찰이 휴대전화를 떨어뜨렸다. 하지만 바닥에 완전히 쓰러지지는 않았다.

마치 꿈속을 달리는 것처럼, 조는 느린 동작으로 움직이는 것 같았다. 그는 경찰의 몸을 일으켜 세운 뒤 총을 쥐고 있는 경찰의 오른쪽 손목을 왼손으로 꽉 움켜잡았다. 경찰은 다시 조에게 총을 겨누려고 이리저리 손목을 비틀었고, 총 밑동으로 조의 머리 뒷부분을 짧지만 날카롭게 내리치며 맹렬히 공격했다. 경찰은 총을 든 손이 슬쩍 느슨해진 틈을 타, 조의 등에 또다시 총을 겨누었다. 조가 여전히 경찰의 상체를 향해 덤벼들자, 경찰은 조의 종아리로 방아쇠를 당겼다. 용접용 토치가 조의 오른쪽 다리를 관통해 구멍을 낸 것 같았다. 하지만 조는 계속 경찰의 상체로 달려들었다.

그때 갑자기 앞이 보이지 않았다. 눈의 기능이 완전히 멈춰버린 것처럼, 보이지 않는 뱀이 뇌 일부를 차지해 똬리를 틀고 있는 것처럼, 모든 게 그림자로 뒤덮여 있어 직감으로 버틸 수밖에 없었다. 조는 총을 들고 있는 경찰의 손목을 다시 왼손으로 움켜잡은 뒤 총을 힘껏 밀어냈다. 총알 한 방이 벽에서 불꽃을 내뿜었다. 그제야 일어선 조는 그 여세를 몰아 책상 안으로 경찰을 몰아넣었다.

조는 여전히 자기가 느리다고 생각했지만 사실 매우 빨랐다. 그리고 조를 밀어붙이는 그 경찰의 동물적인 힘과 살고자 하는 의지를 느낄 수 있었다. 두 사람은 바닥에서 몸싸움을 벌였다. 조가 경찰 위에 있었다. 두 사람은 사랑을 나누는 연인처럼 서로 엉겨 붙어 있었고, 조는 여전히 총을 든 손을 통제하고 있었다. 경찰은 이리저리 발버둥치며 왼쪽 주먹으로 조의 등을 마구 두드렸다. 조의 아래에 깔린 그는 덩치가 큰 데다 사납고 역겨웠다. 공포와 분노에 휩싸여 내뿜는 입김도 불쾌하고 고약했다. 조는 경찰의 턱을 붙잡고 그의 목이 부러질 때까지 머리를 세차게 밀었다.

경찰은 머리부터 발끝까지 부르르 떨었다. 조는 그것이 마치 자신의 밑에서 물결치는 파도 같다고, 침대 위에 펄럭거리며 펼쳐지는 담요 같다고 느꼈다. 거칠게 몰아쉬던 숨소리가 잠잠해졌고, 한때 경찰이었던 남자는 결국 꼼짝도 하지 않았다.

조는 경찰의 몸에서 굴러 떨어졌다. 숨을 헐떡거렸다. 다시 앞이 보이기 시작했다. 간신히 몸을 일으켰다. 오른쪽 종아리가 부풀어 올라 욱신거렸고 피가 줄줄 흘렀다. 하지만 조는 피가 흐르는 대로 내버려둘 수밖에 없었다. 상처 때문에 꾸물거릴 시간이 없었다. 경찰이 갖고 있던 22구경을 들고 출입이 통제된 비상계단 쪽으로 상처 난 다리를 질질 끌며 재빨리 걸어갔다. 객실에서 나오는 투숙객은 아무도 없었다. 22구경의 소음기가 작동했던 것이다.

비상구 문을 힘껏 밀고는 다친 다리를 최대한 날렵하게 움직이며 잿빛 계단 아래로 급히 내려갔다. 경찰 또는 누군가가 각 층에서 튀어나올지도 모른다는 생각에 총을 꽉 붙잡았다. 하지만 아직 조를 막아서는 사람은 없었다. 조는 경찰의 휴대전화를 갖고 나오지 못한 자신에게 무척 화가 났다. 그와 통화한 사람이 누구인지 알 수 있는 유일한 단서였으니까. 하지만 화를 내기엔 너무 늦었다. 어쨌든 휴대전화는 추적 장치나 다름없으므로 조는 위험에서 벗어나야만 했다.

조는 지하 주차장으로 내려갔다. 그곳에는 아무도 없었다. 주차장 경사로를 재빨리 뛰어올라 호텔 반대쪽 칼라일가에 있는 주차장 비상구에 도착했다. 위험을 무릅쓰면서까지 W호텔 앞 워싱턴가에 세워둔 차를 몰고 이 동네를 돌아다닐 수는 없었다. 그 경찰과 통화한 사람이 누구든지 간에 이제 곧 누군가를 데려와 호텔에 있는지도 모른다. 어쩌면 리사를 데려갔던 경찰들과 함께 있는지도. 그래서 조는 주머니에 총을 집어넣고 그리니치가까지 절뚝거리며 빠르게 걸어갔다. 소소한 운이 따라주었다. 시내로 가는 택시를 발견한 조는 급히 택시를 불렀다. 택시에 오르자마자 뒤를 돌아다봤다. 뒤따라오는 사람은 아무도 없었다.

"서프대로에 있는 코니아일랜드요. 경기장 앞."

조가 말했다.

"브루클린까지 간다면 팁을 더 드리죠."

택시 기사는 툴툴거리며 불평했지만 결국 브루클린 배터리 터널로 향했다. 총에 맞은 조의 다리 상태가 심상치 않았다. 하지만 조는 맨해튼 병원으로 가고 싶지 않았다. 코니아일랜드 병원으로 가려 했다. 나중에 택시 기사가 누군가에게 조의 행방을 말하는 게 싫기는 했지만. 조는 호텔 객실과 계단 벽에 혈흔을 남겼다. 놈들이 곧 조의 인상착의와 비슷한 부상자를 찾을지도 모른다. 아마 호텔과 가까운 병원을 샅샅이 뒤질 것이다. 그래서 호텔에서 멀리 떨어진 코니아일랜드가 딱 적당했다.

게다가 매클리어리가 킹스버러대학교 바로 옆, 코니아일랜드 병원에서 그리 멀지 않은 바닷가 근처에 살았다. 해병대로서의 본능에 따르면, 조는 임무에 실패했을 때 상사에게 바로 보고해야 했다. 이번 임무의 상사는 매클리어리였고, 뭔가 잘못되고 있는 게 분명했다. 부패 경찰들이 연루되었고, 이미 그중 한 명을 해치웠다. 주머니에서 강력 접착테이프를 꺼낸 조는 면도칼로 테이프를 잘라 스스로 지혈했다. 무릎 아래의 다리를 잃고 싶지 않았다. 그는 자신이 몰랐던 적들에게 익숙해지고 있었다. 그래서 멀쩡한 사람이 되어야 했다.

조는 서프대로에 있는 24시간 식료품점으로 가서 콘돔과 치약 코너 옆에 진열된 소독용 알코올 작은 병과 버드와이저 네 병을 샀다. 그러고 나서 해변까지 걸어가 모래사장을 느릿느릿 가로지르며 바다 가까운 곳에 앉았다. 조가 아무리 소리를 쳐도 차가운 바닷바람을 피해 해변의 판자길을 좀비처럼 이리저리 걸어 다니는 한밤의 부랑자들에게는 절대 들리지 않으리라.

하현달이 딱 알맞은 밝기로 밤바다를 비추고 있었다. 조는 테이프를 자른 뒤 바짓가랑이를 들어 올렸다. 상처에서 피가 나기 시작했다. 종아리 근육을 뚫고 지나간 총알이 정강이에 구멍을 냈지만, 더 나빴을 수도 있었다. 종아리뼈나 아킬레스건에 맞았다면, 상태가 더욱 나빴을 것이다. 조는 맥주병을 기울이더니 단숨에 벌컥벌컥 삼켰다. 이런 상태로 병원에 가면 의심을 살 것이 분명했다. 그래서 조는 자신의 이야기가 사실로 들리게끔 병원 응급실에서 맥주 냄새를 풍기고 싶었다. 그 줄거리는 이렇다. 술에 잔뜩 취해 있었던 조는 늦은 밤에 집수리를 하려다 못 박는 기계로 자신을 쐈다. 건설 현장의 막노동꾼 같은 그의 차림새가 이 이야기에 힘을 실어줄지도 모른다.

조는 새 수술 장갑을 낀 후 면도칼과 다리에 난 상처에 소독용 알코올을 부었다. 편지봉투 덮개를 열듯 정강이 피부를 벗겨냈더니 비명이 절로 나왔다. 손가락과 날카로운 칼날로 상처를 후벼 판 뒤 마구 짓이겼다. 삐져나온 얇은 살점들이 작은 뱀의 무리처럼 느껴졌다.

1분가량 지나자 극심한 고통이 밀려들었다. 멈춰야 했다. 조는 자해를 멈추고 또다시 개처럼 울부짖었다. 잠시 후 평화를 얻은 듯 조는 조용해졌다. 그러고는 바다를 물끄러미 바라봤다. 저 멀리 수평선 위로 한두 척의 배가 하늘에서 떨어진 행성처럼 깜빡거렸다. 바다는 드넓은 대지를 맛보기라도 하듯 검은 혀를 날름거렸다. 조는 다시 찢어진 다리를 바라봤다. 무사히 넘어가길 바랐다. 의사가 너무 자세히 들여다봐서 총상이라는 사실이 드러나면 담당 경찰서에 알려질 게 뻔하고 정식 수사 절차를 밟아야 할지도 모른다.

바짓가랑이를 잘라 총알이 관통할 때 생긴 구멍을 가린 다음 잘게 조각난 바짓가랑이를 아래로 끌어당겨 상처 부분을 감싸고 테이프로 빙빙 둘러 지혈대로 삼았다. 술 취한 막노동자 이야기에 자가 치료한 내용이 추가된 셈이다. 맥주를 모두 마신 후 종아리가 타들어가는 듯한 고통을 진정시키고 천천히 숨을 고르며 호텔에서 있었던 일을 되새겼다.

앞뒤가 맞지 않았다. 그 사창굴을 운영하는 업자는 리사가 누군지 분명 알았을 테지만, 보토가 시내에 있다는 건 어떻게 알았을까? 조가 리사를 어디로 데려갈지는 또 어떻게 알았을까? 대체 이 먹이사슬은 얼마나 높은 데까지 연결된 걸까? 성매매업자라면, 돈을 얼마나 벌든지 간에, 소음기를 달고 다니는 부패 경찰의 전화번호를 단축번호로 저장할 리 없다. 경찰과 손을 잡았다 해도 암살 전문 경찰은 아니다. 고위층에 있는 누군가와 접촉해 전화를 한 게 틀림없다. 전문 암살자를 구할 시간은 없었을 것이다. 그래서 이미 거리에서 근무 중인, 늘 준비되어 있는 경찰에게 전화했을 것이다. 조는 대략 새벽 1시 30분에 사창굴을 떠나 15분 후에 W호텔에 도착했다. 경찰들은 조가 오기 전에 이미 호텔에 와 있었으리라.

그렇다면 보토는 어디에 있지? 위험에 빠졌거나 어쩌면 연루되었을지도? 만일 보토가 연루되었다면 말도 안 되는 소리였다. 어째서 딸을 보러 오지 않았을까? 왜 조를 죽이려고 한 걸까? 리사는 대체 어디 있는 거지? 보토, 그자가 살아 있다면 답을 주었을 텐데. 보토의 행방을 알려면 매클리어리에게 가야 했다. 조는 다리를 질질 끌며 서프대로로 다시 나가 공중전화를 찾았고 매클리어리의 휴대전화 번호로 전화를 걸었다. 음성 사서함으로 바로 넘어갔다. 유선전화 번호로 다시 전화를 걸었지만 역시 통신사의 음성 사서함으로 연결되었다. 한밤중에는 매클리어리가 자느라 전화기 수신을 일부러 차단했길 바랐다.

음성 메시지를 남기고 싶지 않았지만, 만약 놈들이 보토를 데려갔다면 매클리어리도 찾아갔을지 모른다.

"몸조심해요. 상황이 안 좋아요."

조는 음성 메시지를 남겼다. 그리고 매클리어리의 휴대전화에도 똑같은 메시지를 남겼다. 매클리어리는 나이에 비해 기운이 좋았다. 자기 자신은 충분히 돌볼 수 있었다. 조는 몇 블록을 절뚝거리며 걸어간 뒤 병원에 도착했다. 그리고 지금의 고통을 실패에 대한 처벌이라고 여기며 즐기기 시작했다.

진료 접수를 마친 후에도 조는 불결하고 탁한 코니 아일랜드 병원 응급실 앞에서 기다려야 했다. 조가 도착하기 바로 전, 칼에 찔린 사상자 한 명과 교통사고 부상자 세 명이 응급실에 들이닥쳐 한밤중인데도 병원이 북새통이었다. 테이프 지혈대가 그나마 다리를 잘 지켜주고 있었다. 그래서 응급실 의자에 느긋하게 앉아 진료 차례가 돌아오길 기다렸다. 병원에 도착한 지 20분 정도 흐르자 무언가가 조의 시선을 끌었다.

교도소처럼 선을 줄줄이 연장한 후 응급실 한쪽 구석에 매달아 놓은 TV가 시끄럽게 윙윙거려 조의 신경을 거슬리게 하던 중에, NY1 채널로 화면이 바뀌었다. 어머니와도 절대 본 적이 없는 채널이었지만, 오늘은 하룻밤 동안 두 번이나 보고 있다. 초저녁에 보도된 뉴스를 재방송하고 있었다. 한 남자가 밤 10시 30분경 미드타운에 있는 셰러턴 호텔에서 뛰어내렸다는 뉴스가 나오는 중이었고, 기자가 그 현장에서 소식을 전하고 있었다. 그 남자는 주차된 택시 위에 떨어져 사망했는데, 다행히 빈 승객석에 떨어져서 다른 인명 피해가 없었다. 60센티미터가량 빗나갔다면 택시 기사까지 사망할 수도 있었다. 시체는 이미 치워졌지만 움푹 파인 택시 지붕이 참혹한 현장의 모습을 고스란히 드러냈다.

그 뒤 기사의 인터뷰가 이어졌다. 택시 기사가 가까스로 살아남았다는 건 충분히 뉴스거리가 될 만했다. 하지만 이 자살 사건은 매우 특별했다. 호텔에서 뛰어내린 남자는 스티븐 윌슨이라는 올버니주 상원의원이었다. 조는 보토가 윌슨과 알고 지냈는지 궁금했다. 반드시 알아야 했다. 그리고 오늘 밤 보토가 사라진 게 윌슨의 자살과 관련 있는지도 궁금했다. 우연의 일치가 너무 많아 보였다. 뭔가 잘못되고 있었다.

그때 조의 이름이 불렸다. 실수로 못 박는 기계에 다쳤다는 조의 거짓말은 피곤에 찌든 응급실 의사에게 먹혀들었다. 조는 45바늘을 꿰맸고, 3시간 후에야 퇴원했다. 병원 공중전화로 매클리어리에게 다시 전화했지만, 여전히 음성 사서함으로 연결되었다. 이번에는 아무 메시지도 남기지 않았다. 거의 새벽 6시였다. 자고 있을 만한 시간이었다. 조는 매클리어리가 아직 잠들어 있길 바랐다.

공중전화에 콜택시 명함이 붙어 있었다. 해가 뜨자마자, 조는 콜택시를 불러 매클리어리가 사는 동네로 향했다. 조를 태운 택시는 대서양으로 흘러 들어가는 작은 항구와 수로를 따라 달렸다. 몇몇 집들은 조잡하고 값싸 보였지만 아름다운 곳이었다. 조는 택시 기사가 매클리어리의 집을 지나쳐 가도록 했다. 거실에서 바다를 조망할 수 있는 창문이 달린 하얀 벽돌로 지은 소박한 이층집이었다. 매클리어리가 몰고 다니는 10년 된 캐딜락이 좁은 차도에 주차되어 있었다. 바다가 보이기 시작하는 막다른 길에 도착하자 조는 택시에서 내렸다. 기사는 차를 유턴한 후 그곳을 떠났다.

조는 주변을 둘러보았다. 이상하게 보이는 건 없었다. 한밤중에 새로 주차한 흔적도 없었고, 차 몇 대만이 진입로에 주차되어 있었다. 겉으로 봐도 그 동네 차들이었다. 확신할 수 없지만, 매클리어리를 방문한 사람은 없는 것 같았다. 사방이 고요했다. 일어난 사람도 없었다. 조는 매클리어리의 집으로 걸어갔다.

작은 항구에 있는 수로의 건너편 끝에는 요트 몇 척이 있었다. 그 배들은 조용히 흔들리면서 창가에 매단 풍경처럼 달그락거렸다. *'매클리어리는 괜찮을 거야.'* 조는 생각했다. 이곳에 와본 적은 없었지만 만약의 경우, 이곳에 와야 하는 안 좋은 일이 생길지 몰라 매클리어리와 처음 일하기 시작했을 때 알려준 주소를 기억해냈다.

매클리어리는 오랫동안 쥐꼬리만 한 경찰 봉급으로 살아온 아내에게 보답하려고 바닷가 근처에 있는 이 집을 샀다. 하지만 그녀는 이 집에서 겨우 석 달 살다 사망했고 매클리어리는 절망했다. 비록 오랜 세월 함께 살아온 금실 좋은 부부가 한 사람이 죽으면 곧 뒤따라가는 것처럼, 아내를 따라 함께 무덤에 묻히지는 못했어도.

총을 꺼내든 조는 겉으로 보이지 않게 잘 가린 후 현관 앞으로 절뚝거리며 세 발짝 다가갔다. 초인종을 누른 뒤 기다렸다. 아무런 인기척이 없었다. 초인종을 세 번이나 눌러도 매클리어리가 나오지 않자, 조는 현관문에 있는 작은 유리창 틈으로 손을 넣은 후 직접 문을 열고 들어갔다. 집 안을 슬쩍 둘러봤다. 구석구석 파고든 케케묵은 담배 냄새가 코를 찔렀다. 매클리어리는 집에 없었다. 침대가 어수선한 걸 보니 그날 밤 잠을 잤던 것 같지만 확신할 수 없었다.

어쨌든 분명한 건 매클리어리가 집에 없다는 것이었고, 조는 그 상황이 불길하게 느껴졌다. 매클리어리가 차도 없이 이른 아침부터 식사하러 나갔을 리 없었다. 여기서 가장 가까운 번화가가 있다고 해도 매클리어리 같은 사람이 걸어가기에는 너무 멀었다. 그가 어디선가 밤을 보냈을 수도 있다. 만나는 여자가 있어서 그 여자 집에서 곧장 사무실로 갔을지도 모른다. 그래서 조는 매클리어리의 사무실이 있는 38번가로 가기로 했다. 그곳에도 없다면 그에게 계속 전화하며 나타날 때까지 기다리기로 했다. 만약 그가 전화를 전혀 받지 않거나 사무실에 한 번도 나타나지 않으면, 조는 그 이유를 찾아야 할 것이다.

조는 매클리어리의 집 전화로 이곳까지 데려다 준 콜택시 기사에게 전화해 다시 시내까지 태워달라고 했다. 지하철은 타고 싶지 않았다. 부패 경찰들이 조의 인상착의를 그린 날조된 전단을 퍼뜨리고 있을지도 모른다. W호텔에서 발생한 경찰 사망 사건조차 덮고 있는지 누가 알겠는가. 하지만 벌써 그랬을지도 모른다. 미해결 사건이 워낙 많으니까. 그러고 난 뒤 조가 경찰서로 연행된다면 그들은 증거를 없애려고 조의 머리에 총을 쏠지도 모른다.

콜택시 기사는 10분 안에 매클리어리의 집에 도착하기로 했다. 통화를 마친 조는 다시 매클리어리의 휴대전화 번호로 전화를 걸었다. 별로 기대하지 않았지만, 여전히 응답이 없었다.

콜택시를 기다리는 동안 조는 매클리어리의 욕실로 들어가 타이레놀 몇 알을 발견했고, 그중 네 알을 복용했다. 종아리가 마구 욱신거리기 시작했다. 병원에서 놔줬던 주사약 기운이 점차 약해지고 있었다. 거실로 나가 소파에 누운 다음 다리를 들어 올렸다. 다리에 무슨 문제가 생긴 건 아닌지 걱정했지만, 다행히 아무렇지도 않았다. 조는 가만히 눈을 감았다. 24시간 동안 한숨도 자지 않았더니 스르르 잠에 빠져 들었다. 그 순간 밖에 있던 택시 기사가 경적을 울렸다.

곧바로 눈을 뜬 조는 본능적으로 매클리어리의 침실로 돌아가 침대 옆 탁자를 살펴봤다. 그곳에 45구경 권총이 있었다. 총알도 장전되어 있었다. 조는 총을 꺼냈다. 망치를 좋아하긴 했지만 때에 따라 제대로 된 무기가 필요한 법이다.

조는 양쪽 주머니에 들어 있는 총 두 자루를 각각 양손에 쥔 채 주위를 둘러봤다. 매클리어리의 사무실 건물 로비에는 아무도 없었다. 다친 다리가 걱정된 조는 승강기를 탔다. 그는 정사각형이지만 원을 그리며 고리 모양으로 이동하게 되어 있는 긴 복도로 향했다. 그리고 매클리어리의 사무실 앞에 도착했다. 손잡이

를 슬그머니 돌렸다. 열려 있었다. 매클리어리가 일하고 있을 때처럼. 문을 열고 들어간 조는 무언가 문을 막고 있다는 느낌이 들었다. 조는 그게 무엇이든 아랑곳하지 않고 온 힘을 다해 힘껏 밀었다. 문을 막고 있는 건 매클리어리였다. 마치 부분가발을 떼어낸 것처럼 뒷머리가 총에 맞아 벗겨진 채 사무실 바닥에 얼굴을 파묻고 있었다. 무릎을 꿇은 채 총살형을 당했다.

조는 매클리어리의 머리 주변에 퍼진 낭자한 핏자국을 빤히 쳐다봤다. 일부는 벌써 마르기 시작해서 진흙처럼 갈색으로 변했고 지금도 계속 응고되고 있었다. 매클리어리는 두 시간쯤 전에 사망한 것처럼 보였다. 웅크리고 앉은 조는 수술 장갑을 낀 후 매클리어리의 몸을 수색했다. 그의 재킷과 바지 주머니를 훑었다. 지갑도, 휴대전화도 없었고, 늘 책상 위에 있던 노트북도 없었다. 누가 훔쳐간 게 분명했다.

자리에서 일어난 조는 조그마한 사무실 주위를 힐끔 바라봤다. 죽 훑어보니 문서 보관함의 서랍이 층층이 열려 있었다. 그리고 매클리어리가 담배를 피우며 거칠게 사용하던 책상을 문득 바라봤다. 마치 매클리어리가 살아 있는 것 같았다. 아무것도 손대지 않고 그대로 두는 게 더 나을지도 모른다. 그래서 매클리어리의 시체를 돌아보지도 않은 채 발걸음을 옮겼고, 티셔츠로 문 손잡이를 닦은 뒤 재빠르게 뒤로 물러섰다. 그때 무언가가 조를 성가시게 했다. 매클리어리가 쓰던 회전식 명함철이 없었다.

조는 책상 뒤로 가 바닥에 시선을 고정했다. 눈으로 샅샅이 훑어봤다. 명함철은 보이지 않았다. 놈들에게 협박을 당하던 매클리어리는 자신의 목숨을 포기한 게 분명했다. 조는 이게 무슨 의미인지 바로 알 수 있었다. 놈들은 에인절의 가게 전화번호로 그의 집 주소까지 알아냈을 수 있었다. 조는 매클리어리에게 자기가 보는 앞에서 에인절의 번호를 찢어야 한다고 우겼어야 했다. *'내가 멍청한 실수투성이라서 그래.'* 조는 생각했다. '빌어먹을. *이 모든 게 신시내티에서 시작된 거야.'*

앞이 캄캄해졌다. 머리 위에 모자를 푹 뒤집어쓴 것 같았다. 갑자기 공포가 엄습해왔다. 수년간 느껴본 적 없는 그 무언가가. 곧이어 조는 공포를 떨치고 정신을 바짝 차리기로 했다. 조는 매클리어리의 사무실 전화로 에인절의 가게에 전화를 걸었다. 수신음만 거듭 들릴 뿐 아무도 받지 않았다. 왠지 불길했다. 에인절은 식료품점 위층에 살고 있어서 새벽 6시면 가게 문을 열었다. 조에게는 에인절의 휴대전화 번호가 없었고, 대부분 그렇듯이 에인절도 집에는 유선전화가 없었다. 그래서 예감이 안 좋으니 위층에서 꼼짝하지 말라고, 가게 문을 열지 말라고 말해줄 수 없었다. 에인절에게 경고해줄 만한 방법이 전혀 떠오르지 않았다. 아직 가능성이 있다고 해도.

놈들이 에인절을 찾았다면 모이시스 때문에 어머니를 찾았을지도 모른다. 어머니에게도 역시 조심하라고 말할 방법이 없었다. 어머니 집에는 유선전화가 있었지만 광고전화만 오기 일쑤라 항상 수신음을 꺼두었다. 교회 사람들이 전화할 때도 있었지만, 이미 오래전 일이었다. 조가 연락을 했더라도, 정신이 온전치 않은 어머니는 수년간 집 밖으로 나간 적이 없었다. 어머니 스스로 더는 할 수 있는 게 없었다. 잘 걷지도 못해서 조가 늘 장을 봤었다. 게다가 조는 이웃들과 말해본 적도 없어서, 어머니를 보살펴달라고 누군가에게 부탁할 수도 없었다. 이전까지는 조의 편집증이 보호막이자 방어벽이었지만 지금은 골칫거리였다.

조는 레고 파크에 있는 소방서에 전화를 걸어 어머니 집 주소에서 연기가 나는 것 같다고 말한 뒤 전화를 끊었다. 그 집에 경찰을 부르고 싶지는 않았다. 자기가 상대하는 사람들의 세력이 어디까지 미치는지 알 수 없었다. 하지만 소방서는 제시간에 그곳에 도착할 수 있을 것 같았다. 어쩌면 잠시나마 조를 뒤쫓는 놈들을 위협해 시간을 번 다음 집으로 가서 어머니를 모시고 나올 수 있을지도 모른다. 거의 승산이 없었지만, 지금은 그럴 수밖에 없었다.

조는 매클리어리의 사무실 건물을 나왔다. 병원에서 사용했던 것과 같은 신용카드로 현금을 조금 더 찾았다. 신분증은 두 개 남아 있었다. 차를 빌릴 때 썼던 것은 태워버렸다. 택시를 잡은 뒤 기사에게 에인절의 집 주소를 말해줬다. 지하철을 타는 건 여전히 위험할 수 있었다. 하지만 지금은 출근 시간이라 맨해튼에서 퀸스까지 가는 데 더 오랜 시간이 걸릴 것이다.

택시가 미드타운 터널을 향했다. 조는 매클리어리를 죽인 놈들이 모이시스가 등교한 '*후에*' 식료품점에 도착했기만을 바랐다. 놈들이 천천히 간다면 조와 마주칠지도 모른다. 하지만 놈들은 앞질렀다. 어쩌면 놈들이 식료품점에 아예 가지 않았을 수도 있다. 에인절의 휴대전화가 불통이었거나 그가 전화를 받지 못하는 다른 이유가 있을지도 모른다. 그래서 조가 먼저 식료품점에 도착해야 했다. 식료품점은 어머니 집으로 가는 길목에 있었다. 만약 에인절이 가게에 있다면 그에게 돈을 챙겨주며 모이시스를 시내 밖으로 데려가라고, 얼마 동안 남의 눈에 띄지 말라고 말할지도 모른다. 조는 에인절의 아내가 로클랜드 카운티에 있는 호스피스 병원에서 간호사로 일하고 있고 주말마다 집에 온다는 걸 알고 있었다. 그래서 에인절과 어머니, 모이시스 모두 그녀에게 갈 수도 있었다. 너무 늦지 않았다면.

조는 느릿느릿 움직이는 자동차들을 가만히 바라봤다. 빨리 움직일 방법은 아무것도 없었다. 이 상황을 받아들여야 했다. 바닥에 주저앉아 있던 매클리어리를 떠올렸다. 그리고 창문에 얼굴을 기댄 채 숫자를 세고 있던 리사도 떠올렸다. 아무것도 모르는 어머니가 경찰들에게 문을 열어줄지도 모른다는 생각이 들었다. 어머니가 왜 문을 안 열어주겠어? 그러고는 좌석에 다리를 올려놓고 눈을 감았다. *'난 자야 해. 더 자야 해.'* 조는 생각했다.

40분 동안 고통스러운 차량 정체에 시달리다 겨우 퀸스에 도착했다. 조는 택시 기사에게 기다리라고 했다. 하지만 식료품점은 닫혀 있었다.

다시 택시에 오른 조는 어머니 집에서 몇 블록 떨어진 곳에 내려달라고 했다. 거리를 샅샅이 훑으며 집에 차츰 다가갔다. 주차된 차량도 꼼꼼히 들여다봤다. 그는 위장한 경찰차를 찾고 있었다. 놈들은 조가 알아볼 수 있는 일반 경찰차를 거리에 세워둘 리 없었다. 63대의 차를 꼼꼼히 살펴본 후에야 집에서 두 블록 떨어진 곳에 주차된 검은색 닷지 차저 차량을 발견했다. 잠복 경찰들이 출동할 때 사용하는 계기판 비상등이 앞좌석에 있어 위장 경찰차라는 걸 단번에 알 수 있었다. 경찰차를 보자마자 조는 놈들이 집 안에 있다고 확신했다. 소방서로 전화했던 건 무용지물이 되었다. 어쩌면 소방대원들이 집 주변을 빙 돌아다니다가 거짓 신고라고 판단했을지도 모른다.

조는 다시 먼 길로 우회해 어릴 때 자랐던 주택가 뒤편의 넓은 골목길로 들어섰다. 어머니 집에서 세 채 떨어진 이웃집의 헛간 꼭대기로 올라갔다. 다리는 불편했지만 팔 힘만으로도 거뜬했다. 헛간에서 비상계단에 닿을 수 있어 지붕까지 올라갈 수 있었다. 몇 년 전 그 헛간이 비상계단과 가깝다는 걸 알게 된 뒤 머릿속에 기억해두고 있었다.

집집마다 지붕의 높이가 같은 데다, 1940년대 후반 종전 후에 유행하던 레고 파크 건축양식에 따라 집을 다닥다닥 붙여 지어서 조에게는 지붕으로 다니는 게 유리했다. 부상당한 다리가 체중을 잘 받쳐줄 수 없었지만, 지붕의 각도가 가파르지 않아서 꽤 수월하게 가로지를 수 있었다. 2층짜리 집들만 있었고, 뒷마당에 있는 나무마다 잎이 반쯤 달려 있었기 때문에 나뭇가지 틈으로 교묘하게 숨을 수도 있었다. 미풍이 스치며 지나가자 나무들이 그들만의 언어로 소곤거리듯 나뭇잎들이 고요하게 흔들렸다.

어머니 집 지붕에서 몸을 더 낮추면 어머니의 침실 창문 밖 비상계단에 닿을 수 있었다. 창문을 열어두면 사악한 기운이 집 안에 머무는 것을 막을 수 있다는 미신뿐만 아니라 신선한 공기가 건강에 좋다는 믿음을 마음에 담아두었기 때문에 어머니는 창문을 늘 살짝 열어두었다. 조는 비상계단에 놓인 칸막이를 조용하게 살살 제거한 뒤 아무 소리도 나지 않게 창문을 위로 천천히 밀었다. 창문을 열자 침대에 누워 있는 어머니의 모습과 어머니 얼굴 위에 놓인 베개가 보였다.

조는 방으로 들어갔다. 머리 뒤쪽에 총을 맞은 에인절과 모이시스가 체스말처럼 바닥에 쓰러져 있었다. 어머니를 죽일 때는 차마 그녀의 얼굴을 볼 수 없었는지, 놈들은 어머니의 얼굴 위에 베개를 놓은 후 그대로 총을 쐈다. '*나약한 놈들이군.*' 조는 생각했다.

아래층에서 놈들이 조용히 속삭이는 소리가 들렸다. 그들은 조가 위에 와 있다는 걸 꿈에도 모를 것이다. 두 명의 위장 경찰이었다. 조는 아래층에서 들리는 목소리만으로도 그들의 위치를 정확히 알아낼 수 있었다. 이 집은 마치 조의 신경계를 연장해 그의 피부가 된 곳이나 다름없었다. 태어날 때부터 13년간 살았던 집이라 아버지의 걸음소리가 살짝만 나도 귀에 다 들렸고, 그 소리가 심상치 않으면 언제라도 달려 나가 숨을 준비를 했다. 나쁜 일이 벌어질 것 같으면 아버지가 냉장고 문을 닫는 소리나 계단을 내려오는 발소리로 상황을 예측할 수 있었기에 재빨리 숨기만 하면 맞지 않았다. 집 안에 숨을 수 있는 곳이 몇 군데 있었고 종종 장소를 바꿔가며 숨었기 때문에 아버지는 조를 찾을 수 없었다.

하지만 조가 잘 숨었다는 건 또 다른 죄를 저지르는 것이었다. 그럴 때마다 어머니가 아버지의 두 번째 희생양이 되었기 때문이다. 조는 세탁물 바구니 밑바닥이나 옷장 선반 위에서 가쁜 숨을 몰아쉬며 손발이 저리도록 숨어 있을 때마다 어머니가 우는 소리를 여러 번 들었다. 자기가 아니라 다행이라는 소름 끼치도록 이기적인 안도감을 느끼며. 아홉 살이 될 무렵 그는 이런 이기심과 죄 때문에 자신이 신에게 결코 용서받지 못할 것임을 깨달았다.

조는 어머니의 얼굴 위에서 총에 그을린 베개를 들어 올렸다. *'난 한 번도 어머니를 보호할 수 없었어.'* 조는 생각했다. 어머니의 얼굴은 무참히 망가졌다. 총알이 왼쪽 눈을 완전히 통과했다. 조의 머릿속에 무언가가 등장했다. 시끄러웠다. 뇌의 한가운데서 느낄 수 있었다. 마치 큰 유리창이 하나둘씩 산산이 깨지는 것 같았다. 얼마나 오랫동안 그런 생각을 하고 있었는지 알 수 없었지만, 소음이 멈추자 천천히 머리를 들었다. 놈들은 여전히 속삭이고 있었다. 한 놈은 앞문에, 또 한 놈은 부엌문 뒤에 숨어 있었다.

2층에서 1층 거실까지 다섯 계단만 내려가면 된다. 다리가 정상이었다면 단번에 뛰어내려 앞문에 서 있는 놈을 바로 죽일 수 있었다. 그 후에는 부엌에 있는 놈과 정면 승부하면 된다. 하지만 조에게는 멀쩡한 다리가 하나밖에 없었다.

조는 어머니의 얼굴 위에 베개를 도로 올려놓았다. 에인절과 모이시스를 힐끔 쳐다보며 침실 문 옆으로 조용히 걸어갔다. 그들이 고개를 숙이고 있어서, 두 사람의 눈을 마주칠 필요가 없어서 다행이었다. 어머니의 침실 문에서 계단까지는 단 몇 발자국이었다. 그는 아무 소리도 내지 않고 두 사람 사이를 지나갔다.

무작정 뛰어내리면 다리가 휘어질 게 뻔했다. 어쩔 도리가 없었다. 그래서 총을 쓰기로 했다. 그는 22구경을 꺼냈다. 총알은 아홉 발 남아 있었다. 조는 이웃들이 아무 소리도 듣지 않길 바랐다. 소리가 훨씬 큰 매클리어리의 45구경은 비상용으로 쓰기로 했다.

조는 계단에서 뛰어내렸다. 예상했던 대로 다리가 비틀댔다. 그 순간 앞문에 서 있던 위장 경찰이 깜짝 놀라는 모습을 목격했다. 조는 잽싸게 몸을 굴리며 경찰에게 총을 겨눈 뒤 한 방은 가슴에, 한 방은 입에 방아쇠를 당겼다. 두 번째 총알이 발사되었을 때 조는 이미 부엌을 바라보고 있었다. 또 다른 경찰이 거실로 달려들었다. 그는 역시 소음기를 장착한 22구경을 재빨리 조에게 발사했다. 세 발을 쐈고, 모두 높이 빗나갔다. 바닥을 구른 조는 획 돌아서서 경찰과 마주했고, 바로 그때 경찰의 총이 제대로 말을 듣지 않자 일이 수월해졌다. 조가 그 경찰의 목에 총을 쐈고, 그는 바로 나가떨어졌다. 순식간에 피가 뿜어져 나왔다. 두 경찰 모두 사망했다.

조는 두 경찰의 휴대전화를 꺼냈다. 두 사람은 그들의 상관과 문자를 주고받고 있었다. 일이 한층 간단해졌다. 조는 잠시 경찰인 체하며 한동안 숨을 고를 수 있었다. 하지만 빨리, 매우 빨리 움직이고 싶었다.

조는 매우 단출하게 살았다. 옷을 넣을 만한 작은 여행가방도 하나밖에 없었다. 무엇보다도 차림새를 새로 바꿔야 했다. 어머니의 집에서 지내는 처음 몇 년 동안 주일 미사 때마다 입고 다녔던 세련된 남색 정장과 노란색 넥타이를 꺼냈다. 그 무렵 그의 어머니는 여전히 주일 미사를 다니곤 했다. 신발 한 켤레와 턱없이 부족한 옷 말고는 소지품도 없었다. 서로 다른 가명에 따라 사용하는 여권들과 은행 정보가 든 서류가방뿐이었다. 여행용 파우치에 면도용품을 가득 채운 후 가방에 넣었다. 모든 소지품을 단단히 챙겼더라도 흔적은 절대 남기지 말아야 했다. DNA가 발견될 만한 증거는 모두. 집에 불을 지를까 생각했지만 무고한 이웃들을 죽일 수는 없었다. 집은 그대로 두어야 했다.

짐을 싸는 동안 첫 번째 경찰의 휴대폰으로 문자가 도착했다.

“아무 일 없나?”

조는 그 경찰이 보냈던 회신 문자를 훑어보며 그 경찰의 어투로 답장을 보냈다.

“이상 무.”

그리고 목구멍에 총을 맞은 경찰의 제복에서 그들이 타고 온 경찰차의 열쇠를 찾았다. 최대한 빨리 다리를 절뚝거리며 그 차에 도착한 후 다시 집까지 몰고 왔다. 그리고 집 앞에 이중주차를 하고 비상등을 켰다. 지하실에서 검정색 대형 쓰레기봉투 두 장을 가져와 서로 겹쳐서 펼친 후 어머니를 그 안에 집어넣었다.

어머니의 침실에서 거실까지 어머니를 운반한 뒤 현관 유리창으로 밖을 살폈다. 거리에는 아무도 없었다. 어머니를 차까지 재빨리 들고 가 뒷좌석에 조심스럽게 놓았다. 낯선 이들이 집에 들어와서 어머니를 만지는 게 싫었다. 에인절과 모이시스를 위해서는 할 수 있는 게 없었다.

경찰들의 휴대전화에서 중요해 보이는 이름과 전화번호를 옮겨 적어놓았다. 주로 그들이 최근에 통화한 번호와 문자 위주로. 그리고 다른 놈들에게 추적당하지 않도록 휴대전화는 경찰들의 시체에 그대로 남겨두었다. 조는 경찰들의 무기를 챙겼다. 두 경찰 모두 소음기가 장착된 22구경뿐만 아니라 자동권총인 글록을 발목의 권총집에 넣고 다녔다. 보조 실탄도 챙겼다. 당분간 조는 암시장에서 파는 총이나 탄약을 살 필요가 없을 것 같았다. 계획대로 일을 진행하려면 결국 사야 할지도 모르지만.

위장 경찰차를 몰고 퀸스를 빠져나간 조는 59번가 다리를 건넜다. 할렘 리버 드라이브 북쪽에서 조지 워싱턴 대교 아래를 통과해 뉴저지로 넘어갔다. 늦은 아침이었다. 다리에서 8킬로미터가량 떨어진 팰리세이즈 공원 도로를 지나 주차장에 도착했다. 그 주차장에서면 팰리세이즈의 높은 절벽에서 허드슨강으로 이어지는 그림 같은 풍경을 감상할 수 있다.

흙길을 따라 나무에 가려진 더 높은 낭떠러지로 걸어가면 허드슨강과 다리, 맨해튼까지 관망할 수 있는 멋들어진 장관이 펼쳐진다. 맑고 추운 날이었고, 세상이 참으로 웅장해 보였다. 가공의 도시와 고대부터 흐르던 강이 한데 어우러져 있었다.

차에서 내린 조는 어머니의 시신을 넣은 쓰레기봉투를 들고 그 흙길로 걸어갔다. 어머니는 살아서든 죽어서든 무겁지 않았다. 주변을 관광하는 여행객은 없었다. 조는 쓰레기봉투에 매우 큰 돌을 집어넣은 후 강력 접착테이프로 밀봉했다. 그리고 낭떠러지로 올라가 온 힘을 다해 물속 깊숙한 곳으로 어머니를 던졌다. 보는 사람은 아무도 없었다. 그는 물속으로 희미하게 사라지는 어머니를 바라보았다. 어머니는 잠시 떠 있더니 이내 가라앉았다. 어머니에게 선물할 수 있는 가장 아름다운 장례식이었다.

팰리세이즈를 떠나온 조는 주유소까지 차를 몰고 가서 시내버스 통근자 전용 주차장에 세웠다. 그 차를 더는 몰고 다니고 싶지 않았다. 놈들이 곧 추적할 수 있기 때문이다. 뉴저지 포트리의 콜택시를 불러 탄 뒤 다리 근처, 4번 도로에 있는 모텔로 향했다.

방에 들어간 조는 머리를 삭발한 뒤 다리가 물에 젖

지 않도록 주의하며 샤워를 했다. 그리고 정장으로 갈아입었다. 이제 조는 여행가방과 서류가방을 든 대머리 사업가였다. 놈들은 아직도 검정색 야구모자를 쓴 막노동꾼을 찾고 있을 것이다.

샤워로 잠을 대신했다. 여전히 부족했지만, 그것만으로도 감사했다. 그러고는 방에 있는 인스턴트 커피를 마셨다. 커피만 한 만병통치약은 없다. 아드레날린이 솟구치는 걸 느꼈다. 사냥이 시작되었다.

신용카드로 결제한 호텔 전화를 이용해 올버니 주의회 안내 데스크로 전화를 걸었다. 두 번째 시도 만에 보토 의원의 사무실로 연결되었다. 면담 예약 담당자가 전화를 받았다. 조는 몹시 성미가 급한 시민처럼 보이려고 최선을 다했다. 조는 자기가 원하는 대로 다양한 인물을 연기하거나 목소리를 낼 수 있었다. 모방의 천재였고 훌륭한 사기꾼이었다.

"전 보토 의원에게 투표한 시민입니다."

조는 자기가 무슨 대단한 인물인 것처럼 으스대며 저돌적으로 말했다.

"보토 의원님을 뵈러 가도 될까요? 우리 동네 경찰

들이 너무 많은 딱지를 떼고 있어요. 저도 번호판이 더럽다고 딱지를 떼였고요. 이건 법 집행이 아니라 세금 징수예요, 세금. 불공평하다고요. 의원님이 이 문제를 해결해주셔야 합니다."

"보토 의원님께서는 매주 금요일마다 9시부터 12시까지 주민들을 만나고 계셔요. 이번 주는 모두 예약이 찼지만, 다음 주엔 약속을 잡으실 수 있어요."

"이번 주 금요일에 계시는 건 확실한가요?"

조가 물었다.

"제가 가려고요. 누군가 금요일 면담 약속을 취소하면 절 만나실 수 있잖아요. 병원 예약처럼요."

"그렇지는 않을 거예요. 성함이 어떻게 되시죠? 다음 주로 약속을 잡아놓을게요."

"'*이번 주*' 금요일에 계시는 건 확실하냐고요? 전 이 딱지 요금을 내고 싶지 않아요."

조가 안내원의 말을 가로막았다.

"네, 하지만…"

조는 전화를 끊었다. 필요한 정보를 얻었기 때문이다. 보토는 살아 있었다. 그는 또 다른 택시를 타고 시내로 돌아가 34번가에 있는 메이시스 백화점으로 갔다. 정장 위에 입을 황갈색 레인코트를 산 뒤 불편한 다리를 생각해 펜 역까지 한 블록 걸어가 올버니로 가는 기차표를 샀다. 45분만 기다리면 된다. 딱히 배가 고프지는 않았지만 컵 수프를 하나 샀다. 해병대에선 무슨 일이 있어도 할 수만 있다면 무엇이든 챙겨 먹었다. 조는 신문 세 부와 휴대용 돋보기안경을 사서 얼굴을 가리는 데 이용했다. 벤치에 앉아 신문을 읽었다. 석간신문인 〈워싱턴 포스트〉 지에 윌슨 의원의 자살 기사가 실려 있었다.

윌슨은 세 자녀의 아버지로 최근 아내와 별거 중이었다. 그가 묵었던 호텔 객실에서 정체를 알 수 없는 마약이 발견되었다. 윌슨은 호텔 옥상에서 뛰어내렸다. 기사는 유서가 있었다고 시사했다. 타살은 의심하지 않는 것 같았다.

올버니로 가는 기차를 탄 조는 창밖을 물끄러미 바라봤다. 확실히 알아내야 한다고 생각했다. 뭔가 잘못되고 있는 게 분명했으니까. 하지만 이런 일을 예상할 수도 있었다.

'보토는 공직에 출마한다. 인지도가 있는 데다 속죄의 사연도 있다. 보토는 부패를 일삼던 아버지의 전철을 밟지 않을 것이다. 그래서 아마 돌아가신 아버지와는 달리 자기는 깨끗한 정치인이 될 거라고 확신할 것이다. 35년 동안 아버지를 좌지우지하던 세력이 이번에는 보토에게 들러붙고 싶어 그를 위협하기 시작한다. 올버니는 해마다 건축과 도로 건설에 250억 달러를 쓴다. 마약이나 도박, 성매매보다 더욱 심각한 횡령이 발생한다. 그래서 그 세력에게는 올버니에 있는 정치인이 필요했고, 보토가 딱 적당했다. 보토는 그 세력을 받쳐주는 새로운 수하거나 그 수하 중 한 명이 될 것이다. 하지만 보토는 아버지처럼 되지 않으려고 그자들에게 저항하고, 그들은 보토를 처벌하기로 한다.

그자들은 보토의 딸을 납치해 사창굴에 넘긴다. 말을 듣지 않으면 딸을 죽이겠다고 보토를 협박한다. 보토가 그자들을 신고했다면 보토와 그의 아내는 살해당했을 것이다. 무력한 보토는 강력하게 맞설 방법을 모른다. 그자들은 보토에게 만약 충성을 약속한다면 일 년 안에 딸을 풀어주겠다고 약속한다. 그래서 보토는 사람들이 페이스북 이야기를 믿도록 일을 꾸민다. 그자들은 경찰이 발견할 만한 가짜 컴퓨터 흔적도 제안했다. 보토의 아내는 보토가 연루되었다는 걸 알지만 보토는 자기들이 할 수 있는 건 아무것도 없다고 말한다. 절망에 빠진 보토의 아내는 자살한다.

그래서 보토는 여섯 달 동안 이 모든 비밀을 쥐고 앉아만 있다. 그건 생지옥이었지만, 그는 살아 남았다. 때때로 그는 딸이 얼마나 그를 싫어했는지 생각한다. 이게 일을 조금 더 쉽게 했다.

그때 보토가 그 문자를 받는다. 그는 자신과 그의 가족이 당한 일을 괴로워하다 정신적으로 무너진다. 뉴욕으로 온 보토는 매클리어리에게 전화한다. 빌어먹을 놈들, 그는 딸을 데려오기로 하고 딸을 강간한 녀석들을 죽이기로 한다. 그는 자신이 아는 누군가가 딸을 성폭행했다는 생각에 견딜 수 없을 만큼 괴로워한다. 하지만 경찰에게 맡길 수 없다. 사건의 경위를 알아낼 수도 있었으니까.

조가 그 일을 맡는다. 조가 차를 타고 48번가에서 기다리는 동안 W호텔에 있던 보토는 술에 찌들어 있다. 정신을 딴 데로 돌리려고 TV를 켰더니 우연히 NY1 채널이 나온다. 스티븐 윌슨이 자살했다는 뉴스를 보게 된다. 보토는 윌슨을 알고 있다. 그리고 그 안에 악마가 있다는 걸 알게 된다. 윌슨이 그 문자를 보냈다는 것도. 그 문자는 윌슨의 고백이자, 최후였다. 보토는 W호텔 거실에 앉아 있다. 그는 무엇을 한 걸까? 보토의 분노가 사라진다. 윌슨의 죽음으로 모든 게 원점으로 되돌아간다. 놈들은 위험한 짓을 했다는 이유로, 그리고 매클리어리와 조를 고용했다는 이유로, 보토와 그의 딸을 죽일 것이다.

보토는 똑바로 생각할 수가 없다. 그리고 결심한다. 그자들에게 전화해 어떻게 된 일인지 설명할 것이다. 그들을 이해시켜야 할 것이다. 남자 한 명이 얼마나 많은 사람을 상대할 수 있을까? 하지만 적어도 그는 정신을 차렸고, 그들에게 경고를 했다. 그자들은 조가 보토의 딸을 구하러 오는 것을 대비했을 것이다.

보토가 전화를 할 때, 조는 이미 W호텔로 향한다.

리사는 조수석 창가에 머리를 기대고 있다. 보토가 그자들에게 애원하며 설명하는 동안 사창굴에 있던 경비가 그자들에게 연락한다. 이제 보토를 조종하는 그자들은 재빨리 움직인다. 그들은 보토를 호텔에서 내보낸다. 언제든지 부패 경찰들을 매수할 수 있는 그들은 W호텔로 그 경찰들을 보내 조를 저지하려 한다.

그 세력은 조를 죽이고 모든 걸 처음으로 되돌리려고 한다. 그리고 보토가 계속 자기들을 위해 일해 주길 원한다. 보토의 딸보다는 보토가 훨씬 가치 있었지만, 보토를 통제하려면 딸이 필요하다. 하지만 조가 그 경찰을 죽이는 바람에 상황이 복잡해진다. 그들은 모든 걸 깨끗하게 처리해야 한다. 재산도 지키고 정치인도 지켜야 했다. 그자들은 조 같은 사람이 얼씬거리게 둘 수 없다. 아는 게 겨우 한 가닥뿐일지라도 뭔가를 눈치 챈 사람을.

그자들은 보토를 통해서 매클리어리를 알게 된다. 매클리어리는 그들에게 조의 존재를 알려줄 것이다. 그자들은 아마 새벽 4시 반경에 매클리어리를 처리했을 것이다. 조가 처음 전화했을 때 매클리어리는 자고 있었다. 하지만 조가 다리를 꿰매는 동안 그자들이 매클리어리의 집을 찾아가 초인종을 누른다. 잠에서 깬 매클리어리는 현관으로 나간다. 총은 지니지 않았다. 그는 피곤했고 늙었다. 그자들이 매클리어리를 협박한다. 조를 내놓으라고. 매클리어리는 조와 연락하려면 사무실에 돌아가야 한다고 말한다. 그자들은 매클리어리를 데리고 그의 사무실로 간다. 매클리어리는 놈들에게 명함첩을 준다. 그들이 매클리어리의 머리에 총을 쏜다. 그리고 식료품점으로 간다. 조가 어디 사는지도 알게 된다.

이제 그자들에게 에인절과 모이시스, 조의 어머니는 방해가 되는 한줌의 쓰레기일 뿐이고, 그래서 살려둘 수가 없다. 그자들은 이 일이 매우 깨끗하게 처리되길 바란다. 250억 달러나 되는 올버니 돈을 주무르려면 반드시 그렇게 해야 했다. 그래서 조를 찾아 제거해야만 한다. 모든 병원을 수색하는 동시에 위장 경찰 두 명을 조의 집에 대기시킨다. 더 많이 보냈어야 했지만.

이제 조는 올버니로 가는 기차에 있다. 그리고 이 일과 연루된 전화번호를 알고 있다. 하지만 가장 먼저 해야 할 일은 조의 생각이 얼마나 맞는지 알아보기 위해 보토를 찾는 것이다. 조는 제 생각이 거의 맞아 떨어진다고 생각하지만 확신할 수 없다. 그는 모든 사실을 알고 싶어 한다. 리사를 어디로 데려갔는지, 그녀가 안전한지, 성매매는 끝냈는지를 보토에게서 알아낼 것이다.

그러고 나서 조는 서서히 전투를 벌일 것이다. 먹이사슬을 타고 올라가서 이 모든 일을 조장한 사람을 한 놈씩 찾을 것이다. 조는 그가 피를 흘리길 바란다. 우선 그의 부하를 하나씩 제거해 조가 오고 있다는 것을 그에게 알릴 것이다. 그다음에는, 만약 그에게 아들들이 있다면 한 사람씩 처치할 것이다. 그 후에는 그 놈을 납치해 어디론가 끌고 가 몇 주에 걸쳐 잘근잘근 조각내고, 다시 꿰매고, 목숨만 겨우 붙어 있게 할 것이다. 날마다 규칙적으로 그의 손가락과 발가락, 다리, 손, 고환, 음경, 혀, 코를 차례대로 제거할 것이다.

어쩌면 마지막까지 조는 그를 죽이지 않을지도 모른다. 그냥 그를 그렇게 내버려둘 것이다. 병원에 떨어뜨려놓을 것이다. 살아 있는 채로. 사지가 없이 망가진 남자. 매클리어리와 에인절, 모이시스를 죽인 남자. 조의 어머니를 죽인 놈. 누군가에게 어머니를 향해 방아쇠를 당기라고 한 그 남자.'

이 이야기는 모두 조가 기차 창밖을 바라보며 생각한 것이다. 선로 왼쪽으로 보이는 허드슨강은 말로 표현할 수 없이 아름다웠다. 하늘보다 더 선명한 푸른 물결과 저 멀리까지 길게 뻗은 강둑, 빽빽하게 우거진 숲이 황폐한 도시와는 어울리지 않는 옛 정취를 풍겼다. 이 강이 수천 년 동안 어땠었는지 감히 상상할 수 없으리라.

하지만 조에게는 이 모든 게 하나도 보이지 않았다. 그저 마음속만 바라보며, 계획을 세우고 있었다. 마음속 깊은 곳에서, 조는 아버지에게 제대로 된 복수를 해본 적 없는, 분노로 가득 찬 소년이었다. 조와 같은 아이에게 꼭 필요했던 복수. 물론 필요한 게 늘 복수였던 건 아니다. 때때로 그건 정의였다.

올버니에 도착하자 오후 4시가 조금 지났다. 조는 택시를 타고 끔찍하고 소름 끼치는 국회의사당 건물에서 세 블록 떨어진 힐튼 호텔로 향했다. 19세기 로마네스크 양식에 따라 돌로 지어진 국회의사당은 수많은 뾰족지붕이 있는 흉물 덩어리였고, 정부기관이라기보다는 성처럼 보였다.

조가 힐튼을 선택한 이유는 비싼 호텔이 신분을 감추는 데 유리했기 때문이다. 그가 입고 있는 남색 정장과 레인코트와도 잘 어울렸다. 놈들은 아마 조가 보토를 찾아 올버니에 올 것이라 생각했겠지만 힐튼에 묵을 거라곤 짐작조차 못할 것이다.

그는 주차장이 내려다보이는 객실을 달라고 했다. 그래야 모든 게 가능했다. 진심으로 우려하는 듯한 프런트 여직원에게 객실 전망은 아무래도 괜찮다고 말했다. 조는 올버니에 여행하러 온 게 아니었다.

객실 요금을 지불한 뒤 일렬로 늘어선 승강기 앞으로 천천히 걸어갔다. 레인코트를 입은 사업가는 계단을 이용하지 않는다. 조는 우화를 시작하는 것처럼 자신에게 말했다.

"도망칠 데가 없는, 다리가 하나뿐인 남자가 있었다."

하지만 그 말이 어디서 왔는지, 왜 그런 생각이 들었는지 알 수 없었다. 그게 사실인지도 확실치 않았다. 승강기 문이 열리자 조는 안으로 사라졌다.

객실에 여행가방과 서류가방을 놓은 뒤, 바로 비즈니스 센터로 갔다. 더는 사용하지 않을 것 같은 덩치 큰 컴퓨터 앞에 앉아 부동산 기사에 실린 보토의 주소를 찾아냈다. 그의 딸이 사라지기 전, 그리고 그의 아내가 사망하기 전에 쓴 젊은 상원의원에 대한 홍보성 기사였다. 보토는 오래된 주택 지구에 살고 있었다. 몇 세기에 걸쳐 목재업 거물들이 살던 동네였다. 따사로운 햇살을 눈 속에 한 아름 품은 채 수영장 옆에 서서 웃고 있는 보토의 사진도 있었다. '*인생은 참 아름다운 거야.*' 조는 사진을 바라봤다. 그러고는 철물점으로 가서 새 망치를 샀다.

보토는 잠을 이룰 수가 없었다. 침대에 누워 이리저리 뒤척였다. 새벽 3시가 조금 지난 시간이었다.

그는 부풀어 오른 배를 슬쩍 쓰다듬다가 사타구니 쪽으로 손을 뻗었다. 반응이 있다면 잘 수 있었을 텐데. 하지만 그의 음경은 이미 생기를 잃었다. 몇 달 동안 꿈쩍도 하지 않았다. 보토는 옆에 있는 베개를 와락 붙잡았다. 마치 사람을 끌어안듯. *'여긴 지옥이야.'* 그는 생각했다.

보토를 감금한 사람들은 정문과 수영장 뒤쪽에 각각 두 명씩 경비를 세웠다. 그저 만일을 대비하는 것이라고 했다. 매클리어리가 보낸 그 남자, 전직 해병대원은 숨을 곳을 찾아 나라를 절반쯤 가로질러 가고 있을 가능성이 더 높았다. 그는 곰에게 오지 않을 것이다. 도망칠 것이다.

그래도 그들은 만약을 위해서라며 네 명의 경비를 보냈다. 정문에 있는 두 명은 차 안에 앉아 시동을 켜놓고 있어서 따뜻하게 망을 볼 수 있었다. 보토는 수영장 뒤쪽에 있는 두 명에게 화덕을 써도 된다고 말했다. 보토는 마치 연극을 하는 것 같았다. 너그럽고 관대한 척, 보호받는 게 마땅하다 여기는 척했다. 하지만 자신의 허울이 사르르 벗겨지는 걸 느꼈다. 그의 체면, 세상에 비친 겉모습이 모두 녹아내렸다. 화형을 당하는 공포영화 속 누군가처럼.

아무리 뒤척여도 도저히 불면증을 견딜 수 없었다. 단 1초도. 그는 침대에서 나왔다. 티셔츠와 사각팬티를 입고 창가로 가서 수영장을 바라보았다. 수영장 물속에는 조명이 켜져 있었다. 반짝거리는 푸른빛이 마치 보석 같았다.

경비들이 마당으로 들어오는 침입자를 경계하기 위해 수영장 조명을 환하게 켜둔 것이었지만, 보토는 한밤중에 조명을 밝힌 수영장이 유난히 아름다우면서 화려한 느낌이 들어 늘 좋았다. 심지어 불면증에 시달리는 지금 이 순간에도. 어쩐지 집주인으로서 자부심이 느껴졌다.

그때 경비 중 하나가 그 찬란한 광경 속으로 발걸음

을 옮기며 잔디밭과 수영장을 두리번거렸다. 무슨 소리를 들었나? 보토는 고개를 세우고 무슨 소리인지 귀를 기울였다. 담배가 그의 손에 매달려 있었고, 희뿌연 연기가 차가운 밤공기 속으로 피어올랐다. 그때 그 경비가 시야에서 사라진 동료에게 몸을 돌렸다. '*아무것도 아니군*'이라고 손짓이라도 하는 것 같았다. 그러고는 사라졌다. 보토는 다시 지옥으로 돌아왔다.

하지만 보토를 불면증에 시달리게 한 건 조의 망령이 아니었다. 그가 잘못한 모든 것, 그가 망쳐버린 모든 것 때문이었다. 일말의 양심도 없이 혼자 살아남았기 때문이었다. 보토는 욕실로 들어가 약 수납장에 놓인 빈 약통을 바라봤다. 신경안정제 자낙스가 들어 있던 약통이었다. 두 시간 전에도 봤지만 행여나 하는 마음에 다시 뚜껑을 열었다. 어쩌면 한 알이 남아 있을지도. 하지만 여전히 빈 통이었다.

보토는 빈 통을 제자리에 두고 쓸모없는 연고와 크림들, 특이한 약들을 바라봤다. 대부분 아내가 채워 넣은 것들이다. 보토는 아내가 세면대 앞에서 거울을 여는 모습을 상상했다. 잠시나마 아내가 바로 옆에 있는 것 같았다. 아내는 보토가 고교시절부터 사귀었던 연인이자 가장 친한 친구였다. '*내가 그녀를 죽인 거야.*' 보토는 생각했다.

아내의 로션을 꺼낸 뒤 뚜껑을 열어 향기를 맡았다. 바닐라 향이 났다. 보토는 자신의 타액과 섞여 아내의 가슴에서 은은하게 퍼지는 그녀의 체취를 사랑했다. 두 사람 모두 보토가 아내의 가슴을 너무 좋아한다는 걸 알았지만, 아내는 어린아이처럼 구는 남편을 너그럽게 대했다. 그로써 그녀는 사랑받는다고 느꼈다.

로션을 제자리에 내려놓고 잠시 우두커니 서 있었다. 마치 꿈을 꾼 것처럼. 도저히 버릴 수 없을 것 같은 쓸데없는 쓰레기들을 물끄러미 바라보았다. 그때 무언가가 그의 환상을 산산조각 냈다. 다른 약통과 마구 뒤섞여 전에는 미처 보지 못했던 푸른 상자를 발견했다. 이제 그게 무엇인지 기억났다. 아내가 파리 여행 중에 샀던 마약 성분의 진통제 코데인이었다. 코데인을 좋아했던 아내는 이 약을 미국에서는 쉽게 구할 수가 없다고 말했었다. 보토는 상자를 찢어서 열었다. 아직 네 알이 남아 있었다. 프랑스어로 적힌 복용법을 암호를 해독하듯 차근차근 읽어보았다. 한 알만 복용하라고 적혀 있었다. 하지만 세 알을 복용해도 잠들기만 할 뿐 죽지는 않을 것 같았다. 보토는 입 안에 알약을 털어 넣고는 머리를 숙여 세면대의 물을 들이켰다. 약기운이 그렇게 빨리 퍼질 것 같지 않았지만 벌써 피곤함이 밀려왔다.

그는 어두워진 방을 가로질렀다. 아내의 잠자리로 가 침대 옆 작은 탁자 위에 여전히 놓인 아내의 낡은 수면 보조기를 작동시켰다. 물결치는 파도소리가 방 안을 가득 메웠다. 보토는 수면 보조기를 써본 적이 한 번도 없었다. 아내가 쓰는 것도 좋아하지 않았다. 하지만 지금 그는 간절했다.

다시 자기 잠자리로 가서 누웠다. 아내의 잠자리를 절대로 더듬지 않았다. 태아처럼 몸을 웅크리며 억지로 눈을 감았다. 하지만 다시 무언가가 생각나기 시작했다.

어떻게 자신에게 이런 짓을 할 수가 있었을까? 보토는 백만 번쯤 곱씹었다. 각각의 잘못된 행동과 각각의 재앙 같은 선택.

아버지의 정치 이력은 추문으로 끝났지만 그래도 아버지는 수년 동안 존경받아왔다. 천 명이나 되는 조문객이 아버지 장례식에 참석했다. 그래서 보토는 자기가 출마한다면 당선될 수 있으리라 생각했다. 아들로서 유권자들에게 동정심을 불러일으킬 수 있을 거라 확신했다. 유권자들은 한때 존경했던 정치인의 명성을 구제하고 싶어 할지도 모른다. 스스로 구제되길 바랄 것이다. 하지만 보토는 작은 법률회사를 소유한 원기 왕성한 변호사였을 뿐, 막대한 선거 자금을 조달할 수 없었다. 충분한 돈과 막강한 후원이 필요했다. 아무도 위험을 무릅쓰려 하지 않았다. 사람들은 모두 너무 이르다고 생각했다. 하지만 보토는 기다릴 수 없었다. 그래서 롱아일랜드, 베이 쇼어로 갔다. 아버지를 거느렸던 자들에게.

그자들은 보토의 말을 차분하면서도 진지하게 들어줬고, 보토는 그들에게 존중받고 있다고 느꼈다. 그때 그들의 보스, 대머리에 땅딸막한 체격과 투박한 손을 가진 60대 노인 노벨리가 보토를 지원하겠다고 말했다. 그는 보토를 당선시켜줄 테니 딸을 선거자금의

대가로 달라고 했다. 보토는 이해하지 못했다. *'대체 그게 무슨 말입니까?'* 노벨리가 그 이유를 설명했다. 그들은 보토의 딸에게 일을 시킬 것이다. 그게 자금 지원 조건이었다. 보토는 딸을 일 년 후에야 데려갈 수 있었다. *'언젠가는 당신이 주지사가 될 거요.'*

노벨리는 보토의 아버지가 죽기 몇 년 전부터 그를 증오했다는 말은 하지 않았다. 보토의 아버지는 거만하고 독선적이며 자기가 정말로 사람들에게 봉사하고 있다는 착각에 빠져 있었다. 그래서 노벨리는 그의 손녀딸을 창녀로 만들어 그의 무덤에 침을 뱉고 싶었다. 그것도 첫 손님이 되어. 노벨리는 리사를 본 적이 있었다. 순수하고 아름다운 아이였다. 그리고 그가 범한 뒤에는 그 아이가 선거자금을 갚을 것이다. 그는 이 계획이 만족스러웠다. 그 극악무도함에 이끌렸다. 노벨리는 소시오패스였지만, 그건 그가 지닌 힘의 원천이었다. 그는 자기 손자들도 있는 소아성애자였다. 노벨리는 보토가 이 제안에 동의할 것이라 생각하지 않았다.

하지만 보토는 그렇게 하겠다고 말했다. 아버지가

늘 말씀하셨다. 도전에 맞서라고, 이 제안은 보토에게 도전이나 다름없었다. 열정을 시험하는 테스트라 여겼다. 보토는 자기가 일단 그러겠다고 하면 노벨리가 취소할 거라고, 단지 그의 패기를 알아보려고 농담한 것뿐이라고 말할 줄 알았다.

하지만 노벨리에게는 농담이 아니었다. 그는 신물이 날 정도로 오랫동안 뉴욕을 주물렀다. 세상의 법은 노벨리에게 적용되지 않았다.

보토는 항의했지만 노벨리는 일방적으로 만남을 끝냈다. 다른 약속이 있다며.

먹먹했다. 마치 몽유병 환자처럼. 보토는 거래를 남겨둔 채 베이 쇼어를 떠났다. 나약한 자신이 가증스러웠다. *'난 모든 걸 잃었어.'* 보토는 생각했다.

맨해튼에서 하룻밤을 보낸 후 집으로 돌아온 보토는 그 악마와의 약속을 깨려고 했다. 하지만 이제 노벨리는 보토의 딸을 원했고, 올버니 주지사가 된 보토도 원했다. 보토는 애원했다. *'부탁입니다. 이럴 수는 없어요.'* 그래도 노벨리는 입맛을 다시고 있었다. 보토의 딸과 돈. 모두 다. 그리고 절대 취소하지 않았다.

보토가 계속 저항하면 사고사로 위장해 그를 죽이겠다고 협박했다.

그래서 겁쟁이 보토는 노벨리에게 딸을 내주었다. 그는 스스로에게 다짐했다. 세상을 주무르는 위대한 사람이 되려면 무자비하고, 심지어 잔혹해져야 한다고. 보통 사람들의 방식대로 생각해서는 안 된다고. 더욱 강해져야 한다고. 원하는 것을 얻으려면 사람이든 물건이든 기꺼이 희생해야 했다. 보토가 원하는 것은 권력이었고 그의 아버지를 능가하는 것이었다. 그게 늘 그가 바라던 것이었다.

하지만 리사가 실종된 지 한 달이 지나자, 보토의 아내는 남편이 뭔가를 숨기고 있다는 것을 알게 됐다. 그녀는 남편이 뭔가 역할을 맡아 연기를 하고 있다는 것을 알아차렸다. 보토는 어쩌면 아내가 이해할지도, 자신의 짐을 나누어 질 수 있을지도 모른다고 생각했다. 나중에는 미친 짓이라고 깨달았지만. 그래서 그는 아내에게 노벨리와 있었던 일을 고백했다.

그 순간 아내는 돌변했다. 보토는 그처럼 순식간에 딴 사람으로 바뀌는 사람을 본 적이 없었다. 그는 아내에게 드리운 죽음의 가면을 스치듯 보았다.

아내는 신경질적으로 변해 보토를 공격했다. 보토의 목을 손가락으로 할퀴며 날뛰었다. 그녀는 FBI든 경찰이든 그 누구든 찾아갈 거라고 소리쳤다. 보토는 흥분하는 아내를 말리려고 실랑이를 벌이다 결국 그들에게 전화를 걸었다. 노벨리의 사람들이 집으로 와서 아내를 죽이고 자살처럼 위장했다. 하지만 보토는 이런 일이 벌어질 줄 꿈에도 생각하지 않았다. 일부러 아내를 죽이려고 그들을 부른 게 아니었다. 보토는 미친 듯 기겁하는 아내의 모습에 겁이 나 그들에게 전화한 것뿐이었다. 하지만 그들은 그렇게 처리했다.

그래도 보토는 계속 가야 했다. *'정말 믿을 수가 없어.'* 그는 생각했다. 그리고 결정해야 했다. *'네가 평생 품어야 할 것, 네가 평생 숨겨야 할 것.'* 그때 익명의 문자가 도착했다. 문득 이제 더는 참을 수 없다고 생각했다. 아내의 죽음보다도 이상할 만큼 더 생생하게 다가왔다. 한편으로 그는 아무 일도 없었던 것처럼, 딸이 집에 돌아오기를 기다리고 있었다. 하지만 그 문자는 그가 딸과 아내에게 저지른 몹쓸 짓과 그가 파괴해

버린 모든 것에 대한 명백한 증거였다.

어디로 가야 할지 몰라 몇 년 만에 처음으로 교회에 갔다. 찬 바닥에 무릎을 꿇고 도와달라고 기도했다. 한때 올버니를 부유하게 해주었던 목재로 만든 100년 된 신도석이 있는 오래된 가톨릭 교회였다.

얼마 동안 이성을 잃고 신도석 아래를 기어 다녔다. 이른 아침이었고 교회에는 아무도 없었다. 보토는 흐느끼기 시작했다. 그리고 교회 바닥을 구르며 발작을 일으켰다. 수치스러움에 온몸을 부르르 떨었다.

그때 그 절정에서 예수가 말했다. '*난 널 용서한다. 무엇이든 용서할 수 있다.*' 보토는 무한한 안식을 얻었다. 하지만 다시 신이 보토를 꾸짖었다. 모든 걸 다시 바로잡으라고. 보토는 불현듯 교회를 이해하게 되었다. 예수는 날 용서했지만, 신의 말씀은 법이었다. 흥분상태로 교회를 나가 매클리어리에게 전화를 걸었다. 보토는 노벨리와 그 일당을 거역할 것이다. 그리고 리사를 데려올 것이다. 그는 모든 것을 실행에 옮겼다. 해병대 출신 해결사를 고용했다. 리사를 데려오도록 그를 보냈다.

하지만 그때 윌슨이 자살했다는 뉴스를 봤다. 교회에서 보토를 덮쳤던 격분은 한순간에 사라져버렸다.

보토는 문자를 보낸 사람이 윌슨이라고 뼛속까지 확신했다. 두 사람은 친구이거나 친구인 척하는 사이였다. 보토는 윌슨이 마약 중독과 섹스 중독으로 재활 치료를 받고 있다는 사실을 알고 있는 몇 안 되는 사람 중 하나였다. 하지만 보토는 윌슨이 어떤 종류의 섹스 중독인지는 몰랐다.

그는 자신에게 문자를 보낸 사람이 누구든지 간에, 딸을 짓밟았던 사람을 모조리 처벌하고 싶었다. 하지만 이제 그 사람이 죽었다. 도대체 무슨 생각을 하고 있었던 거지? 다시 변명이 필요했다. 잠들어 있던 겁쟁이가 또 고개를 쳐들었다.

보토는 저항할 수 없었다. 노벨리가 쥐도 새도 모르게 그를 죽일지도 모른다. 리사를 왜 데리고 와야 하지? 중요한 게 뭘까? 리사에게는 남은 게 없어. '*네 목숨을 구해. 그것 말고 네가 할 수 있는 게 뭐야?*'

그래서 보토는 경찰을 매복시켜 조를 공격하고 리사를 도로 데려가라고 했다. 노벨리 일당은 보토가 한

짓을 탐탁지 않게 여겼지만, 보토는 여전히 그들에게 가치가 있었다. 그래서 복잡한 그의 상황을 정리하기로 했다. 보토의 아내처럼.

그게 어젯밤의 일이었다. 보토는 24시간 꼬박 잠을 이루지 못했다. 코데인의 효과가 나타나기를 기다렸다. 눈을 감았다. *'부탁이에요. 하느님. 잘 수 있게 해주세요.'* 그는 기도했다. *'제발.'* 다시 하느님을 믿을 준비가 되었다.

그때 보토의 침대 옆 전등이 켜지는 소리가 들렸다. 보토는 눈을 떴다. 조가 거기 서 있었다. 소음기가 장착된 총을 손에 쥐고.

조가 말했다.

"당신과 얘기를 해야겠소."

몇 시간 전, 조는 철물점에 가서 새 망치와 수술 장갑, 강력 접착테이프, 면도칼을 샀다. 철물점을 나온 뒤에 렌터카 대리점으로 갔다. 계약서를 다 작성하고 나니 대리점에서는 목캔디처럼 생긴 칙칙한 녹색 포

드 차량을 대여해주었다.

호텔에 차를 주차한 조는 휴식을 취하러 객실로 올라갔다. 로비를 지나자 프런트의 여직원이 그를 보며 미소를 지었다. 여자들은 늘 조에게 반응을 보였다. 어둠 속에서 그가 어떤 모습일지 상상하면서.

침실에 누워 베개 위에 발을 올려놨다. 한결 편안했다. 몇 시간 동안 침대에 누워 꼼짝도 하지 않았지만 잠들지는 않았다. 딱 한 번, 온몸이 가라앉는 것 같았다. 검은 물속으로 순식간에 빠져버리는 것 같았다. 두려워진 조는 그 어둠속에서 스스로를 건져올렸다.

새벽 1시 30분이 되자, 조는 어두운색 청바지와 검정 모자가 달린 트레이닝복을 입고 카메라에 들키지 않게 머리를 숙이며 비상계단을 통해 호텔을 나왔다. 모자로 얼굴을 가린 다음 트레이닝복 양쪽 호주머니에 매클리어리의 45구경과 철물점에서 산 물건들을 깊숙이 집어넣었다. 청바지 허리춤에도 소음기를 장착한 22구경 한 자루를 끼워 넣었다.

1시 45분에 보토의 집에 도착했다. 보토가 사는 주택지구는 어딘가 음울하고 쓸쓸해 보였다. 대대로 부를 세습하면서 사는 동네라 그런지 잘 손질된 묘지 같은 분위기가 물씬 풍겼다. 가로등도 없었고, 인도도 없었다. 집들은 길에서 조금 떨어진 산등성이에 모여 있었다.

보토의 집은 특히 6미터 높이의 울타리로 두텁고 촘촘하게 둘러싸여 있어서 남의 눈에 잘 띄지 않았다. 진입로는 약 27미터 정도 오른쪽으로 살짝 곡선을 그리며 오르막길을 따라 경사져 있었다. 차고 왼쪽으로 갈림길이 있었지만, 집 앞에 있는 둥근 반환점에서 차를 돌리면 오른쪽으로 갈 수도 있었다. 차들은 그곳 아니면 차고에 주차할 수 있었다.

건물 자체는 단조로우면서도 중후했다. 몇 개의 굴뚝이 있는 붉은 벽돌 건물이었고 현관 앞에 흰 기둥이 있었다. 양쪽으로 이웃이 살고 있었지만, 울타리가 삼면에 있다 보니 홀로 남겨진 듯 고립되어 아무도 들어갈 수 없을 것 같았다.

조는 빠르지도 느리지도 않은 속도로 차를 몰아 진입로를 지나면서 보토의 집을 죽 훑어봤다. 진입로 맨 앞쪽에 있는 반환점에서 차 한 대가 공회전하고 있었다. 전조등이 켜져 있었다. 그 차는 도로를 마주 본 채 차도와 보토의 집 진입로 쪽으로 불을 밝히고 있었다. 배기가스가 소용돌이치며 10월 말의 찬 공기 속으로 하얀 연기를 내뿜었다.

놈들은 조가 올 줄 알고 있었다. 경비들이 그 차에 앉아 대기하고 있을 게 뻔했고, 교도소 마당을 비추는 조명처럼 전조등이 앞마당과 진입로를 밝히고 있었다.

조는 뒤로 들어갈 수 있는 길이 있는지 살펴보려고 차를 돌렸다. 하지만 도로 대부분이 구불구불했고, 집집마다 건물이 상당히 커서 정확히 어디가 보토의 집 뒤쪽인지, 어떤 장벽에 맞닥뜨리게 될지 알 수 없었다. 이 근처 집들은 괜찮은 보안 체계를 설치해놓은 데다 동작감지기까지 있었다. 조는 이런저런 사정을 따질 겨를이 없었다. 가장 좋은 방법, 가장 간단한 방법은 앞문으로 들어가는 것이었다.

차 몇 대가 주차되어 있는, 보토의 집 근처에서 두 골목 떨어진 도로에 차를 세웠다. 대부분의 집들이 어두웠고, 여기저기에 드문드문 불빛이 보였다. 구름이 뒤덮여 흐린 밤이었다. 가로등마저 없어서 칠흑같이 깜깜했다.

조는 다친 다리에도 아랑곳 않고 보토의 집 근처까지 재빨리 걷다가 진입로 오른쪽 30미터 지점에서 멈춰 섰다. 울타리가 성벽처럼 높았지만, 그 덕분에 집 앞을 감시하는 경비가 조를 볼 수 없었다.

보토의 집이 있는 도로에는 주차된 차가 없었다. 그자들은 집 근처에만 경비를 세웠을 뿐 집에서 다소 벗어난 곳에는 아무도 세워두지 않았다. 경계심을 푼 게 아니라면 멍청한 조치였다. 조는 개의치 않았다. 어느 쪽이든 조에게 유리했다. 조는 차 안에 두 사람이 있다고 확신했다. 단지 집 안이나 뒷문 쪽에 몇 명이 더 있는지 궁금했다. 하지만 그는 이 문제를 단순하게 다루는 법을 알고 있었다. 일직선으로 따라가면 된다. 차에 있는 놈들을 제거한 후 집 안으로 들어가면 된다.

울타리를 뛰어넘거나 작은 동물처럼 바닥을 기어가는 것 말고는 통과할 방법이 없었다. 그는 22구경과 45구경, 망치를 바지 뒤쪽에 옮겨 모든 무기를 꼬리뼈 쪽에 두었다. 강력 접착테이프와 면도칼, 장갑은 그대로 주머니에 두었다.

가장 먼저 걱정스러웠던 건 차가 지나갈 때였다. 하지만 날이 어두운 덕에 그는 눈에 잘 띄지 않았다. 그래서 조는 잽싸게 이동한 다음 양손으로 바닥에 있는 울타리를 거칠게 뜯어냈다.

약 30센티미터 너비로 박혀 있는 두꺼운 뿌리는 뜯어낼 수 없었다. 하지만 지나갈 만한 공간이 생겼다. 조는 몸을 최대한 말아 어깨를 좌우로 밀면서 가느다란 가지는 꺾어버리고 통로를 깨끗하게 다듬었다. 얼굴과 손이 잔가지에 스쳐 상처가 났지만 상관하지 않았다. 지나가는 차는 없었다. 이 동네 부자들은 모두 잠들어 있었다.

1분도 채 되지 않아 다리를 뻗을 수 있을 만큼 충분히 들어갔다. 이제 조는 도로든 집에서든 보이지 않을 만큼 완전히 가려졌다. 잠시 이동을 멈추며 쉬다가 다시 전진했다. 울타리의 두께는 대략 2미터였다.

차까지 기어갈 때 나는 소리는 걱정하지 않았다. 조는 잔디를 가로질러 35미터가량 떨어진 곳에 있었고, 공회전 소리 때문에 다른 소음이 들릴 리 없었다. 울타리와 잔디가 만나는 지점까지 거의 다 빠져나오자마자 앞문을 향해 빛을 밝히고 있는 차가 보였다. 바퀴테가 정교하고 문이 네 개 달린 검은색 캐딜락이었다.

'*폭력배들이군.*' 조는 생각했다. 흙바닥에 얼굴 한쪽을 대고 다시 숨을 골랐다. 시원하고 기분이 좋았지만 다친 다리가 욱신거렸다. 그러고 나서 그는 뒤를 돌아봤다. 캐딜락의 운전석이 조를 향해 있었다. 그는 차 안에 두 명이 있고 운전석 창문이 살짝 열려 있어서 창문에 김이 서리지 않았다는 걸 확인할 수 있었다.

차의 전조등이 곡선 진입로를 따라 왼쪽을 비추고 있었다. 조는 완전히 깜깜해서 전혀 보이지 않는 잔디 오른쪽으로 기어가야겠다고 생각했다.

그러고는 차 뒤에서부터 접근할 것이다. 하지만 놈들을 조용히 처리할 수 없을 것 같았다. 만약 운전석 문이 열려 있다면 그쪽으로 기어가 바로 22구경을 쏘아 해결할 수 있었다. 하지만 문이 잠겨 있다면 놈들과 실랑이를 벌이는 소리가 매우 빠르게 퍼질 게 분명했다. 창문에 대고 45구경을 쏘는 것도 소용없었다. 그러면 보토에게 절대 갈 수 없다.

조는 차에 있는 한 놈이, 아니면 둘 다라도 그들이

다리를 펴거나 소변을 보러 차에서 나올 때까지 기다리기로 했다. 그게 훨씬 수월할 것이다. 시계를 봤다. 새벽 2시 10분이었다. 날이 밝으려면 세 시간이 남았다. 기다릴 수 있었다. 하지만 적당한 자리를 찾아야 했다. 그는 울타리에서 나왔다. 그대로 엎드린 다음 앞문에 있는 관목까지 잔디의 경사면을 따라 기어갔다.

조는 이제 차 뒤에서 9미터가량 떨어진 곳에 있다. 차는 앞문과 나란히 주차되어 있었고 거리를 마주 보고 있었다. 조는 땅바닥에 평평하게 엎드려 수술 장갑을 끼고 22구경을 손에 쥐었다. 놈들은 백미러로 조를 볼 수 없을 것이다. 앞문을 비추는 빛은 그렇게 넓지 않았고, 집 안에서도 새어나오는 빛이 없었다. 창문이 컴컴했다.

그는 장갑을 낀 손을 바라봤다. 지문을 남기는 게 여전히 문제가 될까? 모든 게 변했다. 그에겐 이제 집도 없다. 그는 무엇을 보호하고 있는 걸까? 하지만 자기 방식을 고수하는 게 가장 좋다고 생각했다. 항상 하던 대로, 늘 장갑을 끼는 것처럼. 그래서 그런 생각을 머릿속에서 지워버렸다.

그리고 그런 생각이 분명해지면, 늘 그랬던 것처럼, 마음이 평화로워지고 정신이 하나로 모이면서 매우 강렬한 몰입 상태에 빠진다. 바닥이 차갑다는 것도, 다리가 지끈거리는 것도 느끼지 못한다. 생각이 차분해지고 몸이 가벼워졌다. 완전히 온전한 모습은 아닐지라도. 놈들이 움직이면 무엇을 해야 할지 몸이 먼저 알고 있었다. 세상이 참 단순한 것 같았다. 별로 힘들이지 않고도 몇 분이 쉽게 흘러갔다.

하지만 그때 예고도 없이 그의 정신이 그를 배신했다. 조는 다시 환각에 빠졌다. 그는 어머니의 얼굴을 뚫고 지나간 총알구멍을 보았다. 그리고 어머니와 함께 방에 있었다. 어머니의 얼굴을 덮은 베개를 들어 올리며. 그 순간이 계속 반복되었다. 그러고 나서 현실로 돌아오면 앞이 보이지 않았다. 차도 볼 수가 없었다. 잔디밭에 있지도 않았다. 조는 어머니 침실에 있었다. 베개를 들어 올리며. 그을린 구멍. 어머니의 시체.

조수석 문이 딸깍 열리며 놈이 밖으로 나왔다. 머리를 말끔하게 민 덩치 큰 녀석이 나와 차 문을 쾅 닫고는 집으로 바로 걸어갔다. 어둠 속에서 낮게 엎드려 있던 조는 차로 돌진해 조수석 문을 열었고, 차 안에 있던 다른 놈에게 방아쇠를 당기려 했다. 하지만 조는 망설였다.

그 남자가 조를 똑바로 바라보더니 중얼거렸다.

“이런 미친….”

그러자 충격도 잠시, 그자가 손을 뻗어 총을 잡으려 했다. 총은 계기판 위에 있었다. 그것도 두 자루나. 하지만 조는 재빨리 움직여 조수석으로 미끄러지며 들어갔고 22구경 손잡이로 그자의 목을 여러 번 내리쳤다.

몸집이 냉장고처럼 넓적하고 턱수염이 덥수룩한 그 남자는 격렬하게 저항하기 시작했다. 조는 계기판에 총을 내려놓고 남자를 잡아당겼다. 양손으로 남자의 옷깃 부분을 꽉 움켜잡고 남자의 목에 팔뚝을 교차시켰다. 가슴 가까이 남자를 당긴 조는 남자의 목을 조르기 시작했다. 남자의 팔뚝과 재킷의 깃을 있는 힘껏 조였다.

남자의 경동맥에 대고 팔뚝을 엇갈려 조였더니 조의 억센 손목이 훤히 드러나 마치 야구 방망이의 손잡이 같았다. 남자는 벗어나려고 몸부림쳤지만, 조는 불과 10초 만에 남자를 아이처럼 잠재워버렸다. 조는 남자를 풀어 운전석 창문에 기대어 앉혔다. 계기판 시계를 힐끔 보니 새벽 3시 3분이었다. 시간이 그렇게 됐으리라고는 생각지 않았지만 거의 한 시간 동안이나 놈들을 감시하고 있었다. 대머리는 30초 전에 집 안으로 들어갔다.

조는 강력 접착테이프로 운전석에 있는 남자의 목을 운전석 머리 받침대에 단단히 묶은 뒤 입에 재갈을 물리고 손과 발도 꽁꽁 감쌌다. 꼼짝도 못하게. 다른 놈이 안으로 들어간 지 적어도 90초가 흘렀다. 조는 집 안으로 들어가기로 했다. 차라도 지나가게 되면 문 앞에 있는 게 위험할 수밖에 없었다.

조는 계기판 위에 있던 총 두 자루와 자기가 갖고 있던 22구경을 움켜잡았다. 차 밖으로 나온 조는 놈들의 총을 덤불 속으로 던진 뒤 현관문을 열었다. 22구경을 손에 쥔 조는 안에 있는 놈들이 머리에 총을 쏠 수 없도록 몸을 낮게 웅크리며 안으로 들어갔다. 하지만 그곳에는 아무도 없었다. 조는 컴컴한 로비로 발을 들여놓았다. 양탄자가 깔린 계단 아래와 위층 복도에서 희미한 불빛이 나오고 있었다. 계단은 문에서 왼쪽으로 3미터가량 떨어져 있었다.

로비 끝에 문이 하나 있었고, 문 아래쪽에서 빛이 새어 나왔다. 물소리도 들렸다. 조는 재빨리 움직여 문을 열었다. 세면대 앞에 있던 그 대머리가 고개를 돌렸다. 조는 그 남자의 무릎에 총을 쐈고, 남자는 바닥에 쓰러졌다. 22구경은 근거리 발사에 유리했다.

대머리가 소리를 내기도 전에 조는 그 남자에게 달려갔다. 차보다는 욕실 공간이 훨씬 넓었기 때문에 이번에는 그 남자의 목덜미를 졸랐다. 남자를 기절시킨 조는 강력 접착테이프로 그자의 입을 틀어막고 몸뚱이를 동여맨 뒤 다리에 지혈대를 만들어줬다.

조는 자신이 왜 이러는지 이해할 수 없었다. 어째서 차에 있는 놈과 이놈을 죽이지 않았을까? 죽이는 게 훨씬 나았을 텐데. 조는 너무 많은 시간을 소비하는 바람에 스스로를 위험에 빠뜨렸다. 그는 늘 강력 접착테이프를 가지고 다녔지만 이건 오로지 공격 패턴 중 하나였다. 판에 박힌 일이었다. 테이프를 사용하리라고는 생각하지 않았다. 그때 그는 다시 환각에 빠지며 어머니의 침실로 돌아갔다. 베개를 들어 올렸다.

'제대로 하는 게 없군.' 그가 생각했다. 그리고 욕실 거울을 들여다보았다. 잘한 일이었다. 그는 자신의 얼굴을 싫어했다. 그렇게 그는 다시 현실로 돌아왔다.

조는 조용히 욕실 밖으로 나갔다. 총을 앞으로 겨누고 앞을 똑바로 쳐다본 뒤 로비를 지나 캄캄한 거실로 들어갔다. 아직 새것처럼 보이는 가구들이 진열된 길고 좁은 거실이었다. 거실을 지나자 식당이 보였다. 식당에는 유리로 만든 여닫이문이 있었고, 문밖을 살펴보니 남자 두 명이 화덕 옆에 앉아 있었다. 조는 그들 뒤에 있었다. 그들 앞에는 은은하게 빛나는 수영장이 있었다.

조는 조용히 유리문으로 다가가 문을 열었다.

"일어나. 천천히."

조가 말했다.

의자에 앉아 있던 두 남자가 고개를 돌려 조가 쥐고 있는 총을 확인했다. 두 남자는 형제처럼 보였다. 험악하고 유연했다. 싸움꾼들 같았다. 나이가 더 들어

보이는 오른쪽 남자의 솜씨가 더 뛰어나 보였다. 두 사람이 입은 재킷은 총 때문에 불룩했다.

"이 개자식이."

오른쪽 남자가 말했다.

조는 그 남자의 머리에 총을 겨누었다.

"일어서."

조가 말했다.

두 남자 모두 자리에서 일어나 조를 째려봤다.

"널 죽이겠어."

오른쪽 남자가 말했다. 말은 그 남자가 다 하고 있었다.

"보토는 어디 있나?"

두 사람에게 총을 겨누며 조가 말했다.

"엿이나 먹어."

오른쪽 남자가 말했다. 하지만 왼쪽 남자가 2층을 흘끗 살폈다. 조는 두 사람 주변을 걸어가 2층을 올려다보고는 한 걸음 물러나 창문의 시야에서 벗어났다. 창가에는 아무도 없었고, 오른쪽으로 밀어둔 화덕이 위에서는 보이지 않았다. 보토는 저 위에 있는 게 틀림

없었다. 어쩌면 잠들었을지도. 조는 총을 까딱거렸다.

"바닥에 얼굴 박고 다리 뻗어."

왼쪽 남자는 바닥에 엎드렸지만, 오른쪽 남자는 슬금슬금 손을 뻗어 카우보이처럼 총을 빼려고 했다. 조는 그 남자의 허벅지에 방아쇠를 당겼다.

"빌어먹을."

그 남자가 거의 들리지 않게 말했다. 한 번도 총에 맞은 적이 없어선지 충격에 빠졌다. 그가 무릎을 꿇었다. 조는 그 남자에게 다가가 그의 뒤통수를 22구경으로 쳤다. 이제 그는 바닥에 엎드렸다.

다른 남자는 꿈쩍도 하지 않았다. 그는 조가 시키는 대로 바닥에 엎드렸다. 한 번 이상 경찰에 체포된 적이 있었는지 훈련되어 있는 것 같았다.

"영리하군."

조가 그 남자에게 말했다.

"노력하고 있어요."

남자가 웅얼거렸다.

"그래야지. 오늘 밤에 죽진 않겠군. 앞에서 망보던 네 두 친구 녀석도 아직 살아 있어."

남자가 끙끙댔다.

"집 안에 몇 명이 더 있나?"

조는 고개를 비스듬히 움직여 식당 유리문 안을 들여다봤다.

남자는 대답하지 않았다. 조는 남자의 귀에 22구경 총구를 겨누었다.

"몇 명이 더 있냐고?"

"저희 넷뿐이에요."

"보토는 어디에 있나?"

"위층에요."

"자고 있나?"

남자는 어깨를 으쓱거렸다. 조는 테이프와 면도칼을 꺼내 남자의 입에 재갈을 물린 뒤 남자와 그의 동료를 단단히 묶었다. 총에 맞은 남자에게는 지혈대를 만들어줬다. 그리고 그들의 총을 빼앗았다.

조는 집 안으로 다시 들어가 아래층에 있는 또 다른 방들을 확인했다. 고분고분했던 놈이 거짓말을 했다고는 생각하지 않았지만, 확실히 해두는 게 나았다. 방은 모두 비어 있었다. 그는 부엌 개수대 아래에 놈들의 총을 숨겼다.

로비로 나온 조는 위층으로 올라갔다. 보토가 잠들어 있을 것 같았지만, 조를 기다리고 있을 수도 있었다. 어쩌면 보토에게 총이 있을지도 모른다.

2층 복도는 벽 중간에 가짜 촛대 하나만 달랑 있어서 어둑어둑했다. 조는 여자아이의 방을 지나갔다. 리사의 방, 여전히 그대로 둔 것 같았다. 욕실과 서재, 그리고 복도 끝에 문이 살짝 열려 있었다. 그 방에서 나오는 빛은 없었지만, 바다 소리가 들렸다. 말도 안 되는 소리였다.

조는 방 안을 유심히 살펴보았다. 시끄러운 바다 소리가 일종의 수면 보조기에서 나오고 있다는 걸 깨달았다. 침대 왼쪽 끝에 사람의 형체가 보였다. 보토의 뒷모습이었다. 조는 살며시 걸어가 보토 옆에 있는 램프를 켰다. 보토가 눈을 떴다. 조는 22구경을 그에게 겨누며 말했다.

"당신과 얘기를 해야겠소."

"죽이지는 말아요."

보토가 말했다. 머리로 생각하기도 전에 입에서 불쑥 튀어나왔다.

조는 마치 왕진 온 주치의처럼 침대 끝에 걸터앉았다. 보토에게 총을 계속 겨누며 찬찬히 그를 살폈다.

보토는 서둘러 이불에서 나와 침대 모서리에 반쯤 앉은 자세를 취했다. 겁이 났다. 조가 낀 수술 장갑이 그를 더욱 두렵게 했다.

그때 조가 말했다.

"리사는 어디에 있습니까?"

보토는 아무 말도 하지 않았다. 제대로 생각을 할 수가 없었다. *'어떻게 해야 하지?'*

조는 다시 물었다.

"리사는 어디에 있습니까?"

"날… 날 죽일 셈이오?"

"내 질문에 대답하지 않는다면."

보토가 조를 빤히 쳐다봤다. 어쩌면 사실대로 말해야 할지도 모른다.

"리사 어디 있습니까?"

"리사는… 그들이 필라델피아로 데려갔어요."

"필라델피아 어디로?"

"그들이 농장이라고 부르는 곳이 있어요. 딸아이는 잘 있다더군요."

보토의 얼굴은 붉어졌고 비대했다. *'돼지 인간 같군.'* 조가 생각했다.

"농장은 어디에 있습니까?"

"그건 말해주지 않았어요. 정말이에요."

조는 침묵했다. *'필라델피아.'* 그는 그곳부터 가볼 것이다. 그곳에서 새로운 노선이 시작될 것이다.

"날 죽일 건가요?"

조는 보토의 말을 무시했다.

"그들이 리사를 납치했을 때 왜 경찰에 알리지 않은 거죠?"

보토가 눈길을 돌렸다.

"왜 그랬지?"

보토는 아무 말도 하지 않았다.

"날 똑바로 봐요."

조는 왼손으로 보토의 얼굴을 붙잡았다. 보토의 뺨에 손가락을 파묻고 머리를 앞으로 돌렸다. 보토의 눈이 조의 눈과 마주쳤다. 조는 보토의 배에 총을 겨누었다.

"왜 경찰에게 알리지 않았냐고?"

보토는 눈을 끔뻑이기만 할 뿐 입을 열지 않았다. 조가 보토의 얼굴을 꽉 붙잡았다. 조의 손은 마치 쇠로 만든 죔쇠 같았다.

조가 말했다.

"얼른 말해."

보토가 고개를 저었다. 조는 22구경을 꺼내 보토의 입속으로 집어넣었다.

보토는 숨이 막혔다. 조는 총을 더 깊숙이 밀어 넣었다. 그러다 총을 천천히 꺼낸 후 보토의 이마를 총으로 세게 눌렀다. 총구가 침에 젖어 있었다.

"얼른 대답해."

보토가 마침내 입을 열었다.

"경찰을 부르지 않은 건 내가 거래를 했기 때문이에요. 아시겠어요? 빌어먹을 거래 때문에."

처음에 조는 무슨 말인지 이해하지 못했다. 그러다가 이내 알아듣고는 보토의 얼굴을 풀어주며 혐오스럽게 그를 밀어냈다. 조는 기차 안에서 짐작했던 일들이 모두 맞아떨어졌다고 생각했다. 단 하나만 제외하고. 놈들이 보토에게 간 게 아니었다. 그들을 찾아간 건 보토였다.

조는 여전히 보토에게 총을 겨누며 서 있었다.

"거래한 사람이 누구지?"

보토는 다시 시선을 피했다. 고집 센 아이처럼.

"내게 말해주면 죽이진 않겠다. 살고 싶은 거 맞나? 대체 누구와 거래를 한 거지?"

"노벨리요."

보토가 작은 목소리로 속삭이듯 말했다.

"어디로 가야 노벨리를 만날 수 있나?"

"베이 쇼어."

다시 속삭였다.

필라델피아, 베이 쇼어. 그것이 바로 새로운 노선이었다. 조는 이 노선만 따라가면 된다.

조는 22구경을 주머니에 넣었다. 보토는 믿을 수가

없었다. 어쩌면 그는 살 수 있을지도 모른다. 새 아내를 만나 아이를 또 낳고, 다시 시작하고, 모든 걸 바로잡을 수도 있을 것이다. 장밋빛 인생이 시작될 것 같았다.

조가 새 망치를 꺼냈다. 보토는 의아했다. *'왜 망치를 들고 다니지?'*

그때 조가 망치를 들어 올리더니 보토에게 바로 응답했다.

조는 보토의 이마를 망치로 깊숙이 내려친 후 그대로 망치를 남겨놓았다. 그들에게 자신이 찾아간다는 걸 알려주고 싶었다.

작품 해설

김용언 | 《미스테리아》 편집장

"도망칠 데가 없는, 다리가 하나뿐인 남자가 있었다."

해병대를 나와 FBI 성매매 전담반에서 일했던 조는, 여느 날처럼 단속을 나갔다가 마음속 한 군데가 끊겨버렸다. 냉동육 탑차 안에 갇힌 채 일산화탄소에 중독되어 사망한 중국 소녀 서른 명의 파랗게 얼어붙은 시체들과 마주친 것이다. 즉시 현장에서 도망쳐 아무도 모르는 곳에서 몇 주 동안 숨어 혼자 헐떡이다가, 그는 해결사로 두 번째 인생을 시작한다.

경찰이라는 공권력의 수많은 절차를 건너뛰며 남모르게 해결해야 하는 일은 의외로 많았다. 정치인이나 백만장자의 수만큼이나 그들이 간직한 비밀도 많았고, 따라서 조에게 맡겨지는 일거리는 끊이지 않았다. 조는 늘 단독으로, 어떤 흔적도 남기지 않은 채, 최단시간에, 주어진 환경에 순식간에 적응하며 침투하고 끝장낸다. 그러다가 상원의원 보토의 열세 살짜리 딸 리사를 성매매업소에서 구출해달라는 의뢰를 받는다. 그는 약 6분 만에 모든 일을 마쳤다. 마약에 취해 강간당하고 있던 소녀를 구출해 호텔에서 애타게 기다리는 아버지에게 데려다주기만 하면 끝날 줄 알았다. 그리고… 상황은 완전히 망가진다. 조는 과거를 더듬기 시작한다. 대체 어디서부터 이 실수가, 이 잘못이 시작된 걸까?

조너선 에임즈의 소설 《너는 여기에 없었다》는 리처드 스타크(도널드 웨스트레이크의 필명이다)의 '파커' 시리즈라든가 마틴 스콜세지의 영화 〈택시 드라이버〉를 연상시킨다. 여러 모로 최근 범죄소설의 경향과는 딴판이다. 이야기를 복잡하게 꼬거나, 곳곳에 미스디렉션(misdirection)이나 레드 헤링(red herring, 주의를 다른 곳으로 돌리거나 혼란을 유도해 상대방을 속이는 것)이 등장하는 것도 아니다. 이야기는 아주 간결하게 진행되고, 전체

분량 또한 144쪽에 불과하다. 조의 머릿속에서 과거와 현재를 혼란스럽게 오가는 서술이 종종 등장하지만, 핵심 사건은 단 하나다. 납치된 소녀를 찾아라. 조가 현장에 들어서자마자 최단거리로 움직이며 최단시간에 해결하듯 작가 조너선 에임즈는 조가 뛰어드는 사건 현장을 조밀하게, 숨 가쁘게, 바싹 뒤에 붙어서 추적한다. 혼자 움직이는 해결사에게는 대화를 주고받을 만한 상대방이 없다. 그는 입을 다문 채 눈으로 상황을 훑어보고 머리로 계속 예비단계를 돌린다. 실행 이전, 침묵 속의 그 설계야말로 조를 가장 잘 웅변하고 《너는 여기에 없었다》의 핵심을 보여주는 단계다.

《너는 여기에 없었다》는 다른 소설에서라면 전체의 3분의1 정도밖에 안 되는 시점에서 끝난다. 최근 스릴러들의 일반적인 패턴에 의거한다면, 소녀의 실종이나 그에 얽힌 아버지의 비밀 등은 훨씬 더 거대한 사건의 도입부에 불과할 것이다. 그러나 조너선 에임즈는 거대한 음모와 공들인 레드 헤링에는 별 관심이 없다. 그가 주시하는 대상은 오로지 주인공 조다. 아일랜드와 이탈리아의 혈통이 반반씩 섞인, 신체 자체가 무기처럼 되어 있는 이 남자. 가정폭력의 희생자였으며 거의 항상 자살을 꿈꾸는 남자. "괜찮아. 그냥 가면 돼. 넌 원래 여기 없던 거야."

'시체와 쓰레기가 난무하는 수치스러운 결말'을 더없이 끔찍하게 여기는 그는, 치매를 앓고 있는 어머니가 돌아가신 후 허드슨강에 몸을 던져 익사할 계획을 만지작거렸다. 확실한 죽음이자, 누군가에게 자신의 썩어가는 시체를 처리하게 하는 번거로움을 남기지 않아도 되는 죽음. 그는 남에게 죽음을 선사할 때도 엄격한 태도를 고수한다. 불필요한 살상은 삼가고, 무기로는 망치를 선호한다. "망치는 증거를 거의 남기지 않았고, 짧은 시간 안에 일을 끝내는 데 탁월했으며 '어떤 놈이든지' 잔뜩 겁을 먹었다."

그는 자신이 미처 구해내지 못했던, 남자들의 더러운 욕망에 희생당한 어린 여자아이들, 점점 기억을 잃어가는 어머니, 혹은 자신의 정체를 눈치 챘다는 이유만으로 무자비하게 '처형'당한 열네 살짜리 소년 모두에 대해 죄책감을 느낀다. "자기혐오를 가장한 자아도취"라고 할 수도 있을 그 편집증 때문에 그는 속죄하듯이 망치를 휘두르고 악당을 죽이며 전진한다. 아마도 결말에 이르면, 그가 택한 이 방식은 허드슨강에 몸을 던지는 것보다 좀더 과격한 '청소'가 아닐까 하고 짐작하게 된다.

조너선 에임즈는 조를 제외한 인물들에 대해서는 그다지 많은 설명을 할애하지 않는다. 그는 악당 캐릭터들에 대해 빙빙 에두르지 않고 아주 직접적으로 서술한다. 악당은 철저한 악당이다. 그들에게 어떤 '입체적인' 면모가 있는 게 아니다. 알고 보면 '좋은' 면도 있는, 이해할 수 있는 악당 타입이 아니다. 그들은 소아성애자이거나 무자비한 포식자이거나 탐욕스러운 겁쟁이거나 가정폭력범이다. 그들을 '좋게' 봐주고 '이해해'주는 것은 오히려 그들의 영향 아래 놓인 주변인들이다. 악당들에게 생사여탈권을 빚지고 있거나, 자신이 희생자라는 생각을 미처 하지 못할 만큼 폭력에 아예 감염되어버리거나.

또한 흥미로운 것은, 이 소설에서는 거의 의도적이라 할 만치 여성 캐릭터들에게 언어가 주어지지 않는

다는 점이다. 남자들은 지나치게 수다스럽다. 실제로 내뱉는 언어든, 머릿속에서만 둥둥 떠다니는 독백이든. 그러나 여성들은, 이 비천한 세상의 사랑스러움과 따뜻함과 연약함을 담당하고 있는 여성들은 비참하게 희생되는 역할에 갇혀 있다. 조의 어머니는 젊은 시절 남편의 무자비한 폭력에 시달렸지만 남편이 죽고 나서도 그를 계속 기다리고, 지금은 치매에 걸려 있어 거의 입을 열지 않고 미소만 짓는다. 열세 살 소녀는 강간당하는 와중에 숫자를 중얼거리며 견딘다. 소녀의 엄마는 모든 진실을 알고 난 다음 미친 듯이 남편을 할퀸다.

그들은 자신들의 사랑을 받을 자격이 없었던 남자들의 더러운 세계에서 부당하게 거래되고, 그 어떤 항변도 허용되지 않은 채 끔찍한 성욕과 지배욕의 제물로 바쳐진다. 그리고 사라진다. 영영. 그들은 주인공 조의 머릿속에서 어마어마한 연민과 죄책감을 불러일으키는 대상으로, 세상에 아무런 흔적도 남기지 않고 깨끗하게 자살하고 싶어 하는 해결사에게 유일한 삶의 동력(그러니까 그들을 그렇게 만든 놈들을 처치하는 것)으로 존재한다. 여성들로부터 너무나 철저하게 언어가 제거되고 완벽한 희생자의 위치만 허용된 것은, 어떻게든 악당들로부터 그녀들을 멀리 떨어뜨려놓겠다는 작가의 의도였을지에 대해서는 알 수 없다.

죄책감이 작동하는 방식은 사람마다 다르다. 구질구질한 자기연민은 추악한 자기보호 본능으로 빠져버리며, 어떻게든 속죄하겠다는 열망은 살인을 가장한 자살로 치달을 수 있다. 말없는 해결사 조에게 있어서는, '소녀를 찾아라'라는 단 하나의 목적이 해피엔딩이든 파멸이든 어쨌든 그 자신을 구원하는 유일한 방법일 것이다. 죄책감에 짓눌려 질식해버릴 것 같던 순간, 조는 드디어 몸을 돌려 그 죄책감의 목을 단단히 휘어잡고 망치를 휘두르기 시작한다. 당신도 그 망치의 움직임에서 눈을 떼기는 어려울 것이다.

옮긴이 **고유경**

영국 카디프대학교 저널리즘스쿨에서 언론학 석사학위를 받았다. 오롯이 나에게 물들 수 있는 '몰입의 즐거움'을 찾아 번역가의 길을 걷게 되었고, 글밥아카데미 수료 후 바른번역 소속 번역가로 활동하고 있다. 옮긴 책으로는《밤의 살인자》등이 있다.

너는 여기에 없었다

1판 1쇄 펴냄 2018년 10월 1일
1판 3쇄 펴냄 2020년 9월 1일

지은이 조너선 에임즈
옮긴이 고유경
편집 안민재
디자인 허성준(표지), 한향림(본문)
제작 세걸음

펴낸곳 프시케의 숲
펴낸이 성기승
출판등록 2017년 4월 5일 제406-2017-000043호
주소 (우)10874, 경기도 파주시 책향기로 441
전화 070-7574-3736
팩스 0303-3444-3736
이메일 pfbooks@pfbooks.co.kr
페이스북 fb.me/PsycheForest
트위터 @PsycheForest

ISBN 978-11-89336-02-8 03840

책값은 뒤표지에 있습니다.

이 도서의 국립중앙도서관 출판시도서목록CIP은
서지정보유통지원시스템 홈페이지 http://seoji.nl.go.kr와
국가자료공동목록시스템 http://www.nl.go.kr/kolisnet에서 이용하실 수 있습니다.
CIP제어번호: 2018028545